Was sich der Wald erzählt

Ein Märchenstrauß

Gustav zu Putlitz

Impressum

Autor: Gustav zu Putlitz
Umschlagkonzept: toepferschumann, Berlin

Verlag: tredition GmbH, Hamburg
ISBN: 978-3-8424-1055-8
Printed in Germany

Tucholsky Wagner Zola Scott Sydow Freud Schlegel
Turgenev Wallace Fonatne

Twain Walther von der Vogelweide Fouqué Friedrich II. von Preußen
Weber Freiligrath Frey

Fechner Fichte Weiße Rose von Fallersleben Kant Ernst Richthofen Frommel
Hölderlin
Engels Fielding Eichendorff Tacitus Dumas
Fehrs Faber Flaubert
Eliasberg Ebner Eschenbach
Feuerbach Maximilian I. von Habsburg Fock Eliot Zweig
Ewald Vergil
Goethe Elisabeth von Österreich London
Mendelssohn Balzac Shakespeare Dostojewski Ganghofer
Lichtenberg Rathenau
Trackl Stevenson Doyle Gjellerup
Mommsen Tolstoi Hambruch
Thoma Lenz Hanrieder Droste-Hülshoff
Dach Verne von Arnim Hägele Hauff Humboldt
Reuter Rousseau Hagen Hauptmann Gautier
Karrillon Garschin
Damaschke Defoe Hebbel Baudelaire
Descartes
Hegel Kussmaul Herder
Wolfram von Eschenbach Schopenhauer
Bronner Darwin Dickens Rilke George
Melville Grimm Jerome
Campe Horváth Aristoteles Bebel Proust
Bismarck Vigny Barlach Voltaire Federer Herodot
Gengenbach Heine
Storm Casanova Tersteegen Grillparzer Georgy
Chamberlain Lessing Langbein Gilm
Brentano Gryphius
Strachwitz Claudius Schiller Lafontaine
Katharina II. von Rußland Schilling Kralik Iffland Sokrates
Bellamy
Gerstäcker Raabe Gibbon Tschechow
Löns Hesse Hoffmann Gogol Wilde Gleim Vulpius
Luther Heym Hofmannsthal Klee Hölty Morgenstern
Roth Heyse Klopstock Goedicke
Luxemburg Puschkin Homer Kleist
La Roche Horaz Mörike
Machiavelli Musil
Navarra Aurel Musset Kierkegaard Kraft Kraus
Lamprecht Kind Kirchhoff Hugo Moltke
Nestroy Marie de France
Laotse Ipsen Liebknecht
Nietzsche Nansen
Marx Lassalle Gorki Klett Ringelnatz
von Ossietzky Leibniz
May vom Stein Lawrence Irving
Petalozzi
Platon Knigge
Pückler Michelangelo Kafka
Sachs Poe Kock
Liebermann Korolenko
de Sade Praetorius Mistral Zetkin

Der Verlag tredition aus Hamburg veröffentlicht in der Reihe **TREDITION CLASSICS** Werke aus mehr als zwei Jahrtausenden. Diese waren zu einem Großteil vergriffen oder nur noch antiquarisch erhältlich.

Symbolfigur für **TREDITION CLASSICS** ist Johannes Gutenberg (1400 — 1468), der Erfinder des Buchdrucks mit Metalllettern und der Druckerpresse.

Mit der Buchreihe **TREDITION CLASSICS** verfolgt tredition das Ziel, tausende Klassiker der Weltliteratur verschiedener Sprachen wieder als gedruckte Bücher aufzulegen – und das weltweit!

Die Buchreihe dient zur Bewahrung der Literatur und Förderung der Kultur. Sie trägt so dazu bei, dass viele tausend Werke nicht in Vergessenheit geraten.

Einleitung

Gustav Heinrich Gans, Edler Herr zu Putlitz stammte aus einem alten kurmärkischen Geschlechte. Er wurde am 20. März 1821 auf dem Familiengute Retzin in der Westpriegnitz geboren. Von 1831 ab besuchte er das Gymnasium in Magdeburg und studierte nach Ablegung der Reifeprüfung im Jahre 1841 in Berlin und Heidelberg die Rechte. Nachdem er von 1846–1848 bei der Regierung in Magdeburg tätig gewesen war, unternahm er eine Reise nach Italien und schied nach der Heimkehr aus dem Staatsdienste aus. Im Jahre 1853 vermählte er sich mit der Gräfin Elisabeth von Königsmark und lebte seitdem teils auf dem Gute Retzin oder in Berlin, teils auf Reisen. 1863 wurde ihm die Leitung des Hoftheaters in Schwerin übertragen, von der er 1867 zurücktrat. In demselben Jahre wurde er Hofmarschall des Kronprinzen von Preußen, doch bekleidete er dieses Amt nur ein Jahr. Er widmete sich dann in Berlin schriftstellerischer Tätigkeit, bis er 1873 zum Generalintendanten des Hoftheaters in Karlsruhe ernannt wurde. Diese Stelle legte er erst 1889 nieder, nachdem er als Erbmarschall der Kurmark Brandenburg in das preußische Herrenhaus berufen worden war. Seitdem lebte er auf seinem Gute Retzin, wo er am 5. September 1890 starb.

Sinn und Ehrgeiz des Dichters waren von Jugend auf dem Theater zugewandt. »Die Leidenschaft für das Theater hat die Natur mir geheimnisvoll in die Wiege gelegt,« bekennt er in einem Briefe. Seinen Dichternamen schuf er sich jedoch nicht mit seinen zahlreichen Lustspielen und seinen Dramen, sondern mit dem kleinen Werke »Was sich der Wald erzählt«, das 1850 erschien und einen glänzenden Erfolg hatte. Es ist ein anmutiges, sinniges Märchen, in welchem Putlitz – um eigene Worte des Dichters zu gebrauchen – »das holde Gedicht der Schöpfung« nachdichtend, mit glänzender Phantasie von dem großen Märchen der Natur erzählt. Dieser Dichtung verwandt ist das 1853 erschienene wundervolle »Vergißmeinnicht«. Einen eigenen Reiz erhalten die beiden Dichtungen durch hier und da eingestreute neckisch-satirische Anspielungen auf die kleinen Schwächen der Menschen.

Putlitz' Lustspiele, zu denen das Leben der höheren Stände ihm die Stoffe bot, zeichnen sich durch heitere Anmut und frischen

Humor aus. Die gelungensten unter ihnen sind: »Das Herz vergessen«, »Badekuren«, »Zwei Tassen«, »Die blaue Schleife«, »Um die Krone«, »Der Salzdirektor«, »Spielt nicht mit dem Feuer« und »Das Schwert des Damokles«.

Von Friedrich Halm angeregt, schrieb Putlitz die beifällig aufgenommenen historischen Schauspiele »Das Testament des Großen Kurfürsten«, »Wilhelm von Oranien in Whitehall«, »Waldemar« und das Trauerspiel »Don Juan d'Austria«. Ihnen folgte das bürgerliche Schauspiel »Rolf Berndt«, das in Kaufmannskreisen spielt und auf den meisten deutschen Bühnen mit Erfolg aufgeführt wurde.

Auch auf dem Gebiete der Novelle und des Romans betätigte sich der Dichter. Hier sind zu nennen: »Brandenburgische Geschichten«, »Walpurgis«, »Die Halben«, »Alpenbraut«, »Funken unter der Asche«, »Das Maler-Majorle«, »Das Frölenhaus«, »Die Nachtigall« und »Eisen«.

Schließlich schrieb Putlitz noch die Biographie »Karl Immermann, sein Leben und seine Werke«, »Theatererinnerungen« und »Mein Heim, Erinnerungen aus Kindheit und Jugend«.

Berlin-Schöneberg, 1922.

Fritz Gundlach.

Das Märchen

Als Prolog

Das waren laute Tage,
Im Streite lag die Welt.
Daß es die Waffen trage,
Hat alles sich gestellt.
Im Kampf sich zu beweisen,
Selbst nicht die Dichtkunst mied.
Das Wort ward Stahl und Eisen;
Zum Schwerte ward das Lied.

Das Märchen stand verlassen
Im Dränen um ihn her.
Ihm will der Streit nicht passen,
Ihm ziemt nicht Schild noch Speer;
Zum blut'gen Kampfesruhme
Ist seine Macht gering.
Es fliegt vom Blatt zur Blume,
Ein bunter Schmetterling.

Und aus des Streites Mitte,
Da trieb's mich alsobald,
Ich floh mit scheuem Schritte
Tief in den grünen Wald,
Da, wo der Blüten Fülle
Der Bäume Fuß umsäumt,
Hab' ich in Waldesstille
Geschlummert und geträumt.

Ich lag im duft'gen Reise,
Umschaltet und umrauscht,
Und Hab' im Schlummer leise
Auf Waldes Wort gelauscht;
Wob meine Träume luftig
Und meine Phantasten

Im Blumenlaute duftig
Und in der Blätter Grün.

Jetzt treibt's vom Blumenbette
Mich wieder waldauswärts;
Des Märchens liebste Stätte
Ist doch des Menschen, Herz.
Jetzt drängt's mich, euch zu fragen:
Ist noch im Sturm die Zeit?
Ist noch nicht ausgeschlagen
Und ausgekämpft der Streit?

Doch habt für Waldes Kunde,
Für meinen bunten Traum
In eures Herzens Grunde
Ihr jetzt schon wieder Raum,
Dann nehmt, den ich getragen,
Den Strauß voll Waldeslust,
Und auf des Herzens Schlagen
Steckt ihn an eure Brust.

Und wollt ihr ihn nicht achten,
Den Märchengunst umwallt',
So laßt den Strauß verschmachten,
Viel andre trägt der Wald.
Ich aber zu den Bäumen
Will wieder dann entfliehn,
Will wieder ruhn und träumen
Im duft'gen Waldesgrün.

Die Mohnblume

Wir sind im Irrtum, wenn wir glauben, daß die Blumen nichts können als knospen, blühen, duften und verwelken; denn diese Ansicht, so viel verbreitet sie auch sein mag, hat uns doch nur unser eigener Egoismus ausgedrungen, der uns gern weismachen möchte, alles in der Natur sei allein für uns da, und da wir eben nur das äußere Leben der Blumen wahrnehmen könnten, hätten sie auch gar kein inneres. Wie gesagt aber, dem ist nicht so, und wie jede Blume ihren eigenen Charakter hat, die eine bescheiden ist, die andere stolz und eitel, diese heiter und glänzend, jene düster und unscheinbar, oder wie sie sich sonst noch in Farben und Gewohnheiten äußern mögen, so hat auch jede ihr eigenes Wünschen, Streben, Jauchzen, Trauern und Lieben; alle aber haben sie einen überwiegenden Patriotismus, das heißt eine Anhänglichkeit nicht allein an das Land, sondern sogar an die Stelle, auf der sie ausgewachsen sind, so daß sie anderswo gar nicht existieren könnten, ein Gefühl, welches man in neuerer Zeit bei den Menschen oft hat vermissen wollen. Aber auch ein Organ der Mitteilung haben die Blumen; und wer nur ihre Sprache verstünde, dem könnten sie manches Gedicht, manches Märchen ins Ohr hauchen, der würde gern manche Nacht (denn das ist besonders die Zeit ihrer Mitteilungen, wie wir bald sehen werden) auf der blumigen Flur lauschen, und all die bunten Bilderchen, die ihm vorgeführt würden, möchten ihm leicht wie ein schöner poetischer Traum erscheinen. Der Erzähler des vorliegenden Märchens lag auch einmal in einer duftigen, mondhellen Nacht auf dem blühenden Teppich des Waldes und lauschte – oder träumte, was ihm mancher eher glauben wird, – da hörte er auf einmal tausend Stimmchen aus den Blumen aufsteigen. Wahrscheinlich hatte ein freundliches Elfchen, dem er einmal unbewußt irgendwie einen Dienst geleistet hatte, ihm sein Gehör für die Nacht geliehen. Melancholisch flüsterte das Schilfgras dem Nachbar ein langes lyrisches Gedicht ins Ohr, und der Nachbar horte aufmerksam zu. Dazwischen klapperte die Klatschrose, die bei den Blumen die Chronikskandaleuse ist und die Klatschliteratur repräsentiert. Nicht weit ab kicherten rote Moosblüten zusammen und hatten sich gewiß eben was recht Launiges erzählt. Die Glockenblume war zwar stumm, aber sie bestätigte fortwährend die Reden der Nachbarn, indem sie rechts und links mit dem Kopf nickte. Das war nun mit dem Zittergras ganz anders, denn das schüttelte beständig mit dem Kopfe und wollte nichts glauben von alle dem, was es um sich hörte. Mochten sie nun den Lauscher gewahrt haben und ihn, nach dem alten Sprichwort, für seine Unbescheidenheit bestrafen wollen, oder mag es überhaupt ein Lieblingsthema der Blumen sein, kurz, diesmal drehte sich ihre Unterhaltung meist um die Ungerechtigkeit und die lieblose Art, die sich die Menschen gegen sie zuschulden kommen ließen.

»O weh,« rief klagend eine Schar von Thymianblüten, »da hat uns wieder der plumpe Fuß eines Menschen unsere liebsten Geschwister zerknickt.«

»Ja, sie achten uns gar nicht,« sagte eine Pechnelke, die so gern bemerkt wäre und sich deshalb recht hoch auf ihrem schlanken Stiel emporstreckte, »wie wir uns auch zärtlich an sie schmiegen und festhalten. Wenn sie uns noch vernichteten, weil wir ihnen schädlich sind, wie der Schierling; aber nichts ist schwerer zu tragen als ihre Mißachtung, in der sie es nicht einmal für wert halten, ihren Fuß von uns zu wenden.«

»Nicht doch,« flüsterte begütigend ein Vergißmeinnicht dazwischen; »sollte man doch nach euren Reden die Menschen für gar ungerecht gegen uns halten! Und doch kann ich eure Vorwürfe widerlegen. Sind wir ihnen nicht der liebste Schmuck bei festlichen Gelegenheiten, und wählen sie uns nicht immer als Boten für ihre heiligsten Gefühle – für die Liebe?«

»Die Zeiten sind längst vorüber,« sagte höchst verstimmt der Sauerampfer.»Halten sich die Menschen nicht in ihrem aufgeblasenen Stolze für berechtigt, selbst dem Schöpfer ins Handwerk zu pfuschen, ja ihn zu verbessern, indem sie uns in jämmerlichen, papiernen, gemalten Dingen nachahmen, ja verschönert nachbilden wollen ? Und womit schmücken sie sich denn jetzt, mit uns oder mit jenen verächtlichen Abbildern? Und zu Liebesboten nehmen sie uns auch nur, wenn sie nichts Besseres haben; sonst ist aber diese Blumensprache längst aus der Mode gekommen, man nennt sie Sentimentalität und macht sie lächerlich.«

»Ich ließe mir das alles gefallen,« nahm die Lilie das Wort; »wie können die Menschen unsere Gefühle achten, da sie sie nicht kennen? Aber sie müßten sie nicht ableugnen, wo sie ihnen augenscheinlich entgegentreten. Erinnert euch nur. Wenn die Nacht vorüber ist, und wir beim Morgenlicht um uns schauen, dann fehlt immer eine oder die andere von unseren Gespielen, die entweder schon in der Abenddämmerung ihr Haupt neigte, oder die ein wilder Nachtwind entblätterte. Dann betrauern wir sie, und Tränen hängen in unsern Augen. Die Menschen sehen das; aber ohne sich zu bemühen, es zu verstehen, leugnen sie, daß diese Tropfen ein Zeichen unseres Gefühls und unseres Schmerzes sind, und sagen, das wäre der Tau, den der Morgennebel über uns ausgeschüttet habe.« Dieser Beweis von der Ungerechtigkeit der Menschen mußte so schlagend sein, daß für den Augenblick keine etwas zu erwidern oder hinzuzufügen hatte. Da bildete sich nicht weit von mir eine Gruppe um eine glänzende, hochaufgeschossene Mohnblume. Schon lange hatte ich bemerkt, daß ihre Umgebung die Köpfe zusammengesteckt und an dem für mich so wenig schmeichelhaften Disput gar keinen Teil genommen hatte. Als nun diese Pause eintrat, rief die Schlüsselblume, indem sie laut ihr Glöckchen schwang: »Still, still, ihr Schwestern, die Mohnblume will uns etwas erzählen.« – »Die Mohnblume erzählt,« hieß es, »still! still!« Und alles horchte, denn auch das Schilfgras hatte eben sein langes Gedicht vollendet.

Die Mohnblume streckte sich auf ihrem schlanken Stiel, sah um sich und neigte sich dann einige Male hin und her. Ich hatte erwartet, daß sie sich erst lange bitten lassen, Heiserkeit vorschützen und mindestens viele Entschuldigungen voranschicken würde; aber das muß dermalen bei den Blumen noch nicht Sitte gewesen sein, denn die Mohnblume fing frischweg an zu erzählen: »Ihr wollt mich anhören? Wohlan, so will ich euch erzählen, wie nach alten grauen Sagen, die sich in meinem Geschlecht von einer Generation zur andern fortgepflanzt haben, wir Mohnblumen einem ganz eigenen Vorfalle unsere Existenz verdanken; denn ihr dürft ja nicht glauben, daß bei Erschaffung der Welt wir Blumen alle auf einmal über die Erde ausgestreut waren. O nein, da kam eine nach der andern, und es ging damals ungefähr ebenso her, wie es jetzt noch im Frühling hergeht.«

»Wie geht es denn im Frühling her?« unterbrach sie eilig die Klatschrose.

»Das kannst du noch vorher vom Gänseblümchen erfragen,« erwiderte die Mohnblume; »denn das ist immer schon früh dabei; dann aber stör' mich auch in meiner Erzählung nicht wieder.«

Das Gänseblümchen, das meist wenig berücksichtigt wurde, ja sogar bei vielen für etwas simpel gilt, während seine Cousine, das Tausendschönchen, weil es etwas mehr Erziehung genossen hat, schon höher angeschrieben steht, war zugleich erfreut und verlegen, daß es auch einmal das Wort führen sollte, und ein leichtes Rot zog sich über die weißen Blättchen, wie man das zu öftern wohl schon an dieser kleinen Blume bemerkt hat. Dann hob es das Haupt dankbar zur hohen Gönnerin empor und erzählte, ohne weiter eine Frage zu erwarten.

»Was wir dem Winter zuleide getan haben, daß er uns armen Blumen so gar gram ist, das kann ich euch nicht sagen, und darüber sind die Meinungen sehr verschieden. Das nur steht fest, daß er uns nicht leiden kann und nicht eher ruht, als bis er uns alle von der Erde vertrieben hat. Aber sein Reich dauert ja auch nicht ewig, und nach ihm kommt unser bester Freund, der Frühling. Der sieht sich nun ganz betrübt um, wenn von allen den bunten Kindern, die er beim Scheiden dem Sommer so angelegentlich empfohlen hat, keins mehr da ist, und muß sein Haar in lange graue Schleier hüllen, weil er noch kein Blümchen oder Blatt hat, sich einen Kranz zu flechten. Da fährt er denn mit seiner lieben, warmen Hand leise über die Erde und winkt und ruft seine Lieblinge, von denen noch keiner das Haupt herausstrecken mag, denn sie sind noch gar erschreckt, so sehr hat sie der rauhe Winter eingeschüchtert. Auch ist diese Furcht nicht unbegründet, denn man hat Beispiele, daß der Winter, wenn er schon weit fort war, umgekehrt ist und die Blumen auf den Kopf geschlagen hat. Einige Blumen zwar, die ein besonders freundliches Gemüt haben, wollen den Frühling nicht lange warten lassen und kommen eiligst hervor. So auch das gute Veilchen. Aber wenn es um sich schaut, und die Erde noch so sehr kahl aussieht, und von all den Schwestern erst so wenige erwacht sind, dann fürchtet es sich und steckt scheu das Köpfchen wieder unter die grünen Blätter. Die Menschen nennen das Bescheidenheit, es ist aber vielmehr Furcht; und dann erwacht in dem Veilchen die große Sehnsucht nach Gefährtinnen, die sie in ihren lieblichen Düften aushaucht. Armes Veilchen! Die Sehnsucht bleibt unbefriedigt, und wenn die anderen Blumen gekommen sind, ist seine Zeit längst erfüllt. Weil es sich aber immer wieder zu ihnen hingezogen fühlt, kommt es zuweilen im Herbst noch auf einige Tage hervor, und sein Sehnen ist gestillt. Das ist aber auch der Grund, warum es dann nicht mehr so lieblich duftet, wie bei seinem ersten Erblühen.«

»Nun seht ihr, so geht es im Frühling zu,« nahm die Mohnblume ihre Erzählung wieder auf, »und ähnlich so ging es auch bei der Schöpfung. Eine Blume kam nach der andern. Zu der Zeit aber, in die meine Sagen reichen, waren schon die meisten versammelt, und es war gar schön auf der Erde, denn überall herrschten Freude und Eintracht. Tiere und Menschen wohnten friedlich beieinander, und da war nichts als Jubel vom Morgen bis zum Abend. Ein Wesen nur, das einzige in der weiten, weiten Schöpfung, teilte nicht dies allgemeine Glück und wandelte traurig über die junge Erde: es war die Nacht. Warum sie traurig war, werdet ihr fragen. Ja seht, sie war einsam in der Welt, wo jedes andere Wesen einen Gefährten hatte: und gibt es ein Glück, wenn wir es nicht mitteilen können? Dazu kam noch, daß die Nacht mehr und mehr empfand, was sie sich so gerne verheimlicht hätte, daß sie das einzige Wesen war, dem die andern sich nicht liebend nahen mochten. Denn wie sie auch ihre freiwilligen Lämpchen anzündete, sie mußte doch den Menschen und Tieren die Schönheiten der Erde verbergen, und das wendete alle von ihr ab. Nicht daß sie ihr ins Angesicht geklagt hätten; aber in dem Jubel, mit dem die Morgensonne begrüßt wurde, sprach es sich deutlich genug aus, wie wenig man der Nacht zugetan war. Das betrübte sie natürlich; denn sie war gut und liebevoll, und sie hüllte ihr Haupt in den dichtesten Schleier, um ihren bitteren Kummer auszuweinen. Das rührte nun uns mitleidige Blumen gar sehr, und wie sich alles von ihr wendete, suchten wir, wie wenig wir auch ihren Schmerz stillen konnten, ihr Freude zu machen, so viel es unsere Kräfte erlaubten. Aber wir hatten nichts zu bieten als Farben und Düfte, und an den Farben hat die Nacht seit jeher keine große Freude gehabt. So sparten wir für sie unsere schönsten Düfte auf; ja einzelne, zum Beispiel die Nachtviole, duftete bei Tage gar nicht, um alle ihre Wohlgerüche der Nacht darzubringen, und diese Gewohnheit hat sie denn auch, wie bekannt, seitdem bewahrt. Doch alles das konnte die Trauernde nicht trösten, und sie warf sich in ihrem Schmerz vor den Thron des Schöpfers.

»Allmächtiger Vater« hob sie an, »du siehst, wie alles glücklich ist in deiner Schöpfung, – ich allein ziehe freudelos, einsam und ungeliebt über die Erde und habe kein Wesen, dem ich mich in meinem Kummer anschließen kann. Der Tag flieht vor mir, wie sehnsüchtig ich ihm auch nacheile, und wie er, wenden sich alle Geschöpfe von mir ab. Darum, allmächtiger Vater, erbarme du dich meines Schmerzes und gib mir einen Gefährten!«

Da lächelte in Mitleid der Schöpfer, erhörte das Gebet der Nacht, schuf den Schlaf und gab ihn ihr zum Genossen. Erkennt man es nicht, daß der Schöpfer ihn lächelnd schuf, daran, daß er nur geliebt ist, nur Segen austeilt, nur Glück und Trost? Die Nacht nahm den Freund in ihre Arme, und nun ging eine ganz andere Zeit für sie an. Nicht allein, daß sie nicht mehr einsam war, sondern es wurden ihr auch die Herzen aller zugetan, seit der Schlaf, der Liebling aller Lebenden, mit ihr kam, wenn sie den Tag von der Erde verscheuchte. Bald fanden sich noch andere freundliche Wesen in ihrem Gefolge, die Kinder der Nacht und des Schlafes, – die Träume. Die zogen mit den Eltern über die Erde und hatten bald Freundschaft mit den Menschen geschlossen, die damals auch noch in ihrem Herzen wie Kinder waren. Aber leider änderte sich das bald. Leidenschaften erwachten in den Menschen, und in ihrem Gemüte wurde es trüber und trüber. Kinder verderben leicht in böser Gesellschaft, und so kam es denn, daß auch einzelne Träume durch den Umgang mit den Menschen leichtsinnig, trügerisch und unfreundlich wurden. Der Schlaf bemerkte diese Veränderung seiner Kinder und wollte die ungeratenen schon aus seiner Gesellschaft ausstoßen, da baten die Geschwister für sie und sagten: »Laß uns die Brüder, sie sind nicht so schlimm, wie sie scheinen, und wir versprechen dir, nach Kräften wieder gutzumachen, wo sie sich in ihrem Mutwillen einmal vergehen.« – Der Vater erhörte den Wunsch seiner guten Kinder, und so blieben auch die bösen Träume in seiner Gesellschaft, die aber, wie die Erfahrung gelehrt hat, sich wunderbarerweise immer am meisten zu den bösen Menschen hingezogen fühlen.

Mit den Menschen wurde es jedoch schlimmer und schlimmer. Einst lag ein Mann in einer herrlichen Nacht auf dem duftenden Rasen, und der Schlaf und die Träume waren zu ihm getreten; aber die Sünde ließ sie nicht Macht über ihn bekommen. In seiner Seele stieg ein furchtbarer Gedanke auf, der Gedanke an Brudermord.

Vergebens schüttelte der Schlaf aus seinem Zauberstab die beruhigenden Tropfen auf ihn aus, vergebens umgaukelten ihn die Träume mit ihren bunten Bildern, – immer wieder entzog er sich ihrer sanften Herrschaft. Da rief der Schlaf seine Kinder zu sich. »Laßt uns fliehen« sprach er, »dieser Mensch ist unserer Gaben nicht wert!« und sie flohen. Als sie fern waren, nahm der Schlaf seinen Zauberstab, halb im Zorn, daß er ihm diesmal seine Kraft so schlecht bewährt hatte, und steckte ihn in die Erde. Oben darauf hängten die Träume spielend ihre leichten, luftigen, bunten Bilderchen, die sie dem Menschen hatten schenken wollen. Das sah die Nacht, und sie hauchte Leben in den Stab, daß er Wurzel schlüge in die Erde. Er ergrünte und barg nach wie vor in sich die Tropfen, die den Schlaf herbeirufen. Und die Gaben der Träume gestalteten sich zu zarten, bunten, flatternden Blättern. So sind wir Mohnblumen entstanden.« –

Die Erzählung war beendigt, und dankend beugten sich die Blumen von allen Seiten zur Erzählerin. Da dämmerte der Morgen heran. Als es nun hell wurde, flatterten die Blätter einer Zentifolie zerstreut durch den Wald und hielten still bei jeder Blume, an der sie vorbeikamen, jeder einen wehmütigen Abschied zuflüsternd. Und Tränen hingen in allen Blumen.

Der Tannenbaum

»Warum knarrte denn der Tannenbaum, als das Gänseblümchen erzählte, der Winter sei böse und könne die Blumen nicht leiden?« fragte die Linde.

»Weil er sich ärgerte,« erwiderte die Eiche; »wenn er sich ärgert, knarrt er. Hast du das noch nicht gehört? Wenn der Wind kommt und durch den Wald braust, dann ruft er uns Bäumen zu: ›Beugt euch!‹ Aber der Tannenbaum sagt: ›Steht fest!‹ Und wenn die Bäume des Waldes dann doch Furcht haben und dem Winde ihr Kompliment machen, so bleibt der Tannenbaum ganz steif stehen, dreht sich nur mißbilligend und knarrt, weil er sich ärgert.«

»Was hat das nun mit dem Winter und dem Gänseblümchen zu tun?« sagte die Linde.

»Frag' ihn doch, frag' ihn doch!« plapperte die Pappel. »Du wirst ja hören, was er sagt; er gibt oft spitze Antworten.« Aber die Linde war doch neugierig. Wer kann's ihr verdenken? Wenn man jahraus jahrein aus demselben Fleck steht, läßt man sich nicht gern eine Geschichte entgehen, aus Furcht, eine spitze Antwort zu erhalten. Wird's zu spitz, so schüttelt man sich's ab, und das können die Bäume auch. Die Linde war aber klug und besann sich auf einen passenden Anfang.

»Tannenbaum,« sagte sie, »wie kommt's, daß du immer dasselbe Kleid trägst, Winter und Sommer, in kalten wie in warmen Tagen?«

»Weil ich nicht eitel bin und immer etwas Neues haben muß, wie ihr,« antwortete der Tannenbaum.

»Da hast du's, steck's ein,« sagte die Pappel.

Unrecht hatte der Tannenbaum aber doch; das war nicht der Grund, denn am Ende konnte er nichts gegen seine Natur. Doch die Menschen machen's auch nicht besser und rechnen sich's immer als besondere Tugend an, was in ihrer Natur liegt. Wer keinen Sinn für Putz hat, schmäht auf die Eiteln; ja es gibt Leute, die auf die Poesie schelten, weil sie keine Empfänglichkeit dafür besitzen, und die haben noch mehr unrecht als der Tannenbaum. Die Linde hätte die Antwort auch beinahe übelgenommen und sich mit dem Tannenbaum nicht wieder abgegeben, aber dazu war sie zu neugierig, und das war gut; denn einerseits hilft das Maulen nichts, andererseits hätte sie dann nicht die Geschichte vom Winter erfahren, und wir auch nicht. Die Linde murmelte also etwas in sich hinein, dann wandte sie sich aber wieder zum unfreundlichen Nachbar und sagte: »Du könntest uns doch wohl etwas von dem Winter erzählen; du kennst ihn ja, und wie es heißt, hast du ihn lieb. Wir anderen, wir wissen nichts von ihm; denn wir schlafen, wenn er kommt, du aber wächst und erzählst dir die lange, lange Zeit etwas mit ihm.«

Der Tannenbaum schwieg eine Weile, und alle Bäume lauschten begierig, was wohl daraus würde; nur die Weide sagte: »Linde, du hast Courage, gibst dich mit dem ab!«

Endlich erwiderte der Tannenbaum: »Laßt mich zufrieden, und wenn du von dem Winter etwas wissen willst, so bleib' wach. Wer etwas wissen will, darf nicht die Zeit verschlafen.«

Jetzt wäre die Unterhaltung aus gewesen, wenn nicht die Eiche sich ins Mittel geschlagen hätte. Die stand nun sehr in Ansehen unter den Bäumen des Waldes, weil sie die älteste und die stärkste war. Wer weiß, ob ihr ersteres Respekt gegeben hätte, wenn nicht letzteres dazu gekommen wäre! »Tannenbaum,« sagte sie, »du scheinst ein unfreundlicher Gesell, aber du bist nicht so böse und kehrst nur immer deine rauhe Seite nach außen. Ich kenne dich besser: denn ich sah dich schon, als du kaum ein Jahr zähltest und erst einen grünen Sproß getan hattest. Aber warum bist du barsch gegen deine Gefährten? Hat uns nicht ein Boden erzeugt? Umarmen sich nicht unsere Wurzeln in der Tiefe, wie unsere Zweige in der Höhe? Trotzen wir nicht gemeinsam Gefahren, denen wir einzeln nicht widerstehen könnten? Es ist nicht gut, sich abzusondern, noch dazu um so nichtige Dinge. Weil jene sich mit Blättern schmücken und du mit Nadeln, weil deine Rinde vielleicht rauher ist als die der Buche, darum willst du dich abschließen, unfreundlich scheinen, was du nicht bist? Nicht doch, erzähle deinen Gefährten; sei jetzt am guten Tage mit ihnen froh, da du doch in schwerer Zeit mit ihnen zusammenhalten mußt.«

Das waren ernste Worte; die Tanne nahm sie sich zu Herzen, mancher andere könnte es auch noch! Tannenbaum besann sich, dann erzählte er: »Ihr wollt von dem Winter hören? Nun, wohlan!

Legt euer Vorurteil ab gegen ihn; denn ich weiß, ihr mögt ihn nicht leiden. Glaubt nicht, daß ich parteiisch bin, weil er mein Freund ist; ich bin nur wahr, weil ich ihn kenne. Aber zur Sache! Als Gott der Herr die Welt erschaffen hatte, als die Blumen prangten auf dem Felde und die Bäume im Walde, rief er die Jahreszeiten und sprach: ›Seht meine Welt, wie schön sie ist! Euch übergebe ich sie; teilt euch in Blumen und Bäume, aber liebt und pflegt sie auch.‹ Da waren die Jahreszeiten sehr glücklich und schwelgten mit den Kindern der Natur. Das ging eine kurze Weile, aber da fing hier und da eine Uneinigkeit an, sich zwischen ihnen zu bilden. Der kecke unstete Frühling konnte sich mit dem langsam bedächtigen Winter nicht vertragen; der glühende Sommer fand den Herbst phlegmatisch; der Herbst schalt den Frühling, daß er die Blumen verzöge; kurz, der Streit wurde immer heftiger, und Blumen und Bäume standen sich am schlechtesten dabei. Da sagte der Herbst: ›Das geht nicht länger; gemeinsam können wir uns nicht vertragen, kommt her und laßt uns teilen.‹ Und so geschah es. Die Jahreszeiten teilten die Erde. An den beiden Polen baute sich der Winter sein Haus; mitten um die Erde schlang sich der Sommer, und Frühling und Herbst schufen sich dazwischen ihr Reich. Daß es nicht ganz bei dieser Teilung blieb, werdet ihr später erfahren; aber fast ist es noch so, und der Winter wohnt noch in seinem alten Hause.«

»Woher weißt du denn das?« fragte die Linde.

»Mein Vetter hat mir's erzählt, der ihn einmal dort besuchte.«

»Gebt acht, der lügt uns was vor,« flüsterte die Pappel dem Nachbar zu.

»Wie konnte dein Vetter ihn besuchen?« fragte die Linde. »Muß er nicht so feststehen wie wir?«

»Das ging so zu,« erwiderte der Tannenbaum. »Es kamen einmal kühne, unternehmende Männer und suchten Holz aus, um ein Schiff zu bauen. Mein Vetter, ein schlanker, hoher Tannenbaum, stand recht stolz unter den übrigen Bäumen des Waldes. Kaum hatten sie ihn erspäht, so wurde er gefällt, und sie machten ihn zum Mastbaum. Nun ging's in die See. Meinem Vetter gaben die Seeleute ein großes Tuch um und sagten: ›Halt's fest!‹ Auf seine Spitze aber pflanzten sie einen bunten, weit schimmernden Wimpel. Der Vetter war ganz lustig auf der Reise und versah seine Pflicht wohl, und wenn der Wind kam und ihm das Tuch wegnehmen wollte, hielt er es fest und beugte sich nicht; darum ehrten ihn auch die Schiffsleute vor allen Hölzern des Schiffs. Die Fahrt ging immer nach Norden, und siehe da, auf einmal kamen sie an das Haus des Winters. Das Haus sah zwar einfach, aber mächtig aus, und als das Schiff anklopfte, trat der Winter heraus, ganz verwundert über den seltenen Besuch. Zugleich aber fiel ihm ein, daß, wenn er kommt, er oft sehr wenig freundlich aufgenommen wird; er fühlte sich also auch nicht zur Gastfreundschaft angeregt und schüttelte sein Haupt, daß die weißen Flocken nur so herumstoben. Da gewahrte er meinen Vetter, und da er uns Tannenbäumen ganz besonders gewogen ist, wurde er gleich freundlich, und nun ging's ans Plaudern. Da wollte er wissen, wie's jedem einzelnen von seinen Brüdern erginge, und als der Mastbaum alles berichtet hatte, fing auch er an, zu erzählen, lauter wunderbare Geschichten, und was ihr jetzt von mir hört, ist eine davon.

Die Geschichten nahmen gar kein Ende, und der alte Herr war so glücklich in seinen Erinnerungen, die er nun alle auskramte, daß er das Schiff nicht wieder fortlassen wollte und sich mit festen Armen um dasselbe legte. Mein Vetter kann gar nicht genug sagen, wie schön das war; aber je besser er sich befand, desto schlechter ging es der Schiffsmannschaft. Eines Morgens hörte er, daß sie untereinander berieten. ›Unser Holz ist verbrannt, unsere Speisevorräte gehen zu Ende,‹ sagte der Steuermann, ›und wenn das Eis nicht bald aufgeht, so müssen wir jämmerlich umkommen; laßt uns den Mastbaum zerhauen und verbrennen, das wird uns wenigstens eine Zeitlang hinhalten.‹«

»Als mein Vetter das hörte, lag er dem Winter mit Bitten an, das Schiff freizulassen, und der Winter erhörte ihn, um seinen Liebling zu retten, was er den Menschen zu Gefallen nicht getan hätte. Er ließ das Eis aufgehen, und das Schiff mit seiner Mannschaft kam glücklich wieder in seine Heimat zurück.« –

»Das war gut!« riefen die Bäume einstimmig. »Aber nun laßt mich wieder auf meine Geschichte zurückkommen,« nahm der Tannenbaum das Wort. »Die Erde war also eingeteilt, und die Jahreszeiten hatten jede ihr eigenes Reich. So wäre es nun auch wohl geblieben, wenn nicht der Frühling in seiner unbeständigen Art wieder eine Änderung hervorgerufen hätte. Dem gefiel es nicht, immer an derselben Stelle zu bleiben; er rief die Jahreszeiten zusammen und machte ihnen folgenden Vorschlag: ›Laßt uns anders teilen,‹ sagte er, ›und, da uns ja die Erde gemeinsam gehört, nicht auf einen Raum angewiesen bleiben. Jeder von uns soll eine bestimmte Zeit haben, wo er die ganze Erde besitzt, wo er allein zu herrschen hat.‹ – ›Ich bin's zufrieden,‹ sagte der Sommer, ›wenn ich nur den Gürtel der Erde für mich behalte.‹ – ›Und ich meine Pole,‹ sprach der Winter. – Der leichtsinnige Frühling willigte in alles, wenn er nur seinen Zweck erreichte, und der Herbst hoffte darauf, sich auf andere Weise zu entschädigen. So war der Vertrag geschlossen, und der Frühling wollte schon sein Reich antreten, da sprach der bedächtige Winter: ›Aber damit nicht einer alles Schöne der Erde für sich nimmt, laßt uns auch das teilen.‹

›Gut‹ sagte der Frühling, ›ich nehme die Knospen!‹

›Mir gehören die Blüten!‹ sprach der Sommer. ›Die Früchte sind mein!‹ rief der habsüchtige Herbst, – ›und die Blätter der Bäume soll der Winter behalten.‹

»Der Winter hatte nichts dagegen; der Vertrag war geschlossen, und der Frühling begann sein Reich. An Baum und Blumen küßte er die Knospen hervor, und alles lächelte ihn an. Als nun die Knospen brachen, als tausend Farben an Blatt und Blumen hervorglänzten, nahm der Sommer den Thron der Erde ein. Aber da fing gleich die Ordnung an zu wanken; denn der Herbst, der immer auf seinen Vorteil bedacht war, schloß einen besonderen Vertrag mit dem Sommer. Der Sommer mußte ihm Blumen lassen, er gab ihm Früchte dafür; doch, wie man sagt, soll er nicht zu kurz gekommen sein und das Beste für sich behalten haben. Nun bekam er allein die Herrschaft und sammelte mit geschäftigen Händen die Früchte ein; denn dazu hatte er ein Recht. Aber es hatte sich noch etwas anderes begeben, wodurch der arme Winter sehr betrogen wurde. Ihr erinnert euch, daß nach der Teilung die Blätter der Bäume dem Winter zugefallen waren. In der glühenden Liebeszeit aber, als da oben Blatt an Blatt hing und unten im Grase die Blumen glänzten und kokett ihre tausend Farben entfalteten, hatte ein Liebeln angefangen zwischen Blättern und Blumen. Wie so oft, begann diese Liebe mit allerlei Neckereien. Wenn die Sonne warm und glänzend auf die

Blumen scheinen wollte, stellten sich die Blätter der Bäume dazwischen; aber ehe die Blumen sich's versahen, beugten sie sich ab, daß der Sonnenglanz plötzlich herniederfiel und die Kleinen da unten blendete. Die Blumen drückten die Augen zu, und die Blätter kicherten oben in den Zweigen. Oder wenn ein erquickender Regen kam, hoben die Blätter Tröpfchen auf, und wenn die Blumen dachten, alles sei vorüber, ließen sie sie herniederfallen, daß die Blumen erschraken und mit dem Kopfe schüttelten. Was zuerst nur Neckerei war, wurde bald Liebesdienst; denn die Sonne wurde heißer und heißer, und die armen zarten Blumen wären alle verdorrt, wenn die Blätter nicht wie ein Schild die feurigen Pfeile der Strahlen aufgefangen hätten. Nach diesem tieferen Ernst der Neigung waren ihnen auch die Neckereien nicht mehr genug, und sie suchten nach einem Mittel der Verbindung. Doch da oben hingen die Blätter, und die Blumen glänzten im Grase. Die Liebe weiß immer Wege zu finden. Es hatten auch Blätter und Blumen bald einen Boten gewählt, der ihnen die Seufzer und Schwüre herauf und hernieder trüge, – den Efeu. Unten bei den Blumen war er entsprossen und schlang sich, ein grüner Kranz, zu den Blättern der Bäume empor, Blatt an Blatt gedrängt, die Leiter süßer Schwüre, eine verschwiegene Liebeskette. Wer erkennt nicht diesen holden Beruf auf den ersten Blick, wen wehet es nicht aus den ewig grünen Ranken an wie verschwiegene Seufzer der schwärmenden jungen Liebe! Und die Blumen und Blätter begnügten sich mit dieser Botschaft. Da ging des Herbstes Reich zu Ende, und die letzten Blumen wollte er pflücken auf der Flur. Die Blätter blichen hin vor Sehnsucht und lagen dem Herbst an mit inständigen Bitten, nur ein einziges Mal sie herniederzulassen zu den sterbenden Geliebten. Und der Herbst erhörte sie, obgleich er nicht das Recht dazu hatte und dem Winter vorgriff, dem allein die Herrschaft zustand über die Blätter. Der Herbst schüttelte die Bäume, und hernieder flatterten die freien Blätter zur Erde. Nun ging erst recht ein tolles Liebesleben an. Der Herbst, der seine Freude daran hatte, spielte eine wilde Weise auf; es flogen die Blätter im wirbelnden Tanze um die Blumen herum, bis diese matt und müde ihr Haupt senkten, und die Blätter bei dem letzten Liede, das der Herbst brausen ließ, sich niederlegten zum ewigen Schlummer. Da kam der Winter gezogen. Kahl und öde empfing ihn Flur und Wald. Nichts grünte ihm entgegen als wir armen Tannenbäume; denn mit unseren Nadeln hatte kein Blümchen ein Liebesgetändel anfangen wollen, und der Efeu schlang sich noch von Baum zu Baum, als wollte er dem Winter eine Ehrenpforte schmücken, und von Ast zu Ast, als wollte er die Treulosigkeit der Blätter verbergen und den Bäumen einen Schmuck leihen für das verlorene, verwehte Laub. Der Winter sah es bewegt, und während er zürnend die letzten Blätter, die wider Willen verlassen und einsam hier und da an den Zweigen hingen, herniederpeitschte und umjagte über Eis und Schnee, sprach er feierlich zu den Blättern des Efeus: ›Euch will ich schützen, euch will ich bewahren zu dem freundlichen Geschäft, das ihr euch wähltet; seid und bleibt Liebesboten, tragt verschwiegene Grüße herüber von Blume zu Blatt, vom Herbst zum Lenze; schlagt eine ewige Brücke von Jahreszeit zu Jahreszeit! Euer Beruf ist: umschlingen und vereinen; ihr, die immergrüne Erinnerung der Fluren und Wälder, ihr sollt selbst die Strenge des Winters brechen.‹«

»So sprach der Winter zum Efeu; aber uns Tannenbäumen schenkte er seine vollste Neigung und bereitete uns Ehren, deren ihr anderen Bäume nicht teilhaftig werdet.«

»Und das wäre?« fragten verletzt die übrigen Bäume.

»Der Winter ist die Jahreszeit des Gemütes,« fuhr der Tannenbaum fort, »darum hatte er das auch beim Efeu gleich erkannt und geehrt. Die Menschen wissen das; denn zu keiner Zeit schließen sie sich enger aneinander an als gerade im Winter. So bringt er auch mit sich das gemütreiche, heilige, geheimnisvolle Weihnachtsfest; so seht ihr auch in seiner Begleitung den freundlichen Geist, den Weihnachtsmann. Die Menschen sagen: ›Der Weihnachtsmann, das ist die Liebe der Eltern, der Freunde‹; aber das ist nicht wahr. Wenn der feinen Zauber ausübt, so ist's um die Menschen geschehen. Tag und Nacht sinnt in der ersten Winterzeit die Mutter, aber nur, weil ihr der Weihnachtsmann beständig ins Ohr flüstert. Und wer um Weihnachten ausgeht, um zu kaufen, der bringt immer mehr nach Hause, als er wollte, der kürzt seinen Beutel immer mehr, als er beabsichtigte. Das sind nicht die schönen Sachen, die ihn reizen, nein, das ist der Weihnachtsmann, der überall winkt und flüstert und an dem Herzen zieht, daß die Hand sich öffnet, und immer wieder, bis er die reichste Weihnachtsfreude bereitet hat. Wir Tannenbäume, wir wissen das, denn wir stehen immer mitten dazwischen, wir sind die Weihnachtsbäume, und in den schönsten Weihnachtsjubel stellt uns der gute Weihnachtsmann in die Mitte. Wir fehlen nirgends, weder im Schloß noch in der Hütte. Mögen die Eltern noch so arm sein, ein paar Lichtchen stecken sie doch an unsere grünen Zweige für die jauchzenden Kinder. Gold und Silber hängt an uns hernieder, schimmernde Früchte tragen wir, und die Kinder schlagen vor uns in die Hände; denn wenn alles andere auch noch so schön ist, der Weihnachtsbaum bleibt das Schönste, – ihn hat der Weihnachtsmann in seinen eigentümlichsten, wunderbarsten Zauber eingehüllt. Vielleicht lieben die Kinder den Weihnachtsbaum so sehr, weil er selbst ist wie ein reiches Kindergemüt. Um die grünen Zweige der Hoffnung schlingen sich allerlei glänzende Bilder; reich und golden steht er da, geheimnisvoll und unerklärt. Aber ein glänzendes Bild nach dem anderen fällt ab; das Gold war Schaum, die Hoffnungen welken, das Geheimnis löst sich; mit dem letzten Flitter, den man abnimmt, schwindet das ganze Wunder, und es ist nichts übrig als ein welker Tannenbaum. In dem Gemüt des Kindes verweht ein goldner Traum nach dem anderen; ein Geheimnis nach dem anderen, in das es sich einhüllte, löst sich; und wie ist das Leben anders, als des Kindes Gemüt es in sich trug!«

»Wenn die Flitter alle fielen, ist deine Herrlichkeit vorüber?« fragte die Espe.

»Dann steckt man den Baum in den Kamin,« sagte die Tanne, »und da hört er oft manch schönes Märchen, das die Menschen sich erzählen, wenn sie hineinblicken in die Glut. Er hört gut zu; aber wenn etwas vorkommt, was ihm nicht gefällt, dann knackt er, daß die Funken aufspringen und die Menschen zusammenfahren am Kamin. Und wenn auch die goldenen Äpfel verzehrt sind, die Kinder blicken doch traurig aus ihrer Ecke, wenn der Weihnachtsbaum aufbrennt.

Seht ihr, das ist die Geschichte vom Winter und vom Tannenbaum. Ein andermal erzähle ich euch ein Märchen, das ein Weihnachtsbaum im Kamine gehört hat; denn die Menschen wissen auch gar schöne Geschichten.

Ja, ein andermal!«

Der Waldbach

Der Tannenbaum hatte seine Erzählung mit der melancholischen Aussicht auf eine zweifelhafte Fortsetzung beschlossen; seine letzten Worte waren leise verrauscht, und über den ganzen Wald lagerte sich eine tiefe Ruhe. Ein Geräusch nur tönte durch diese Feier: das Plätschern des Waldbachs, der in abgebrochenen Klängen an Stein und Baumwurzel pochte, – diese ewige Uhr des Waldes. Und wie er dahinmurmelte, bald hell aufglitzernd im Sonnenschein, bald, trüb' vom Schatten der Bäume und der Wolken, die Bilder verzitternd, die sich in seiner Fläche spiegelten, gestaltete sich dieser einförmige Ton zu vernehmlichen Worten, und unaufgefordert und doch belauscht von Blumen und Bäumen begann der Waldbach eine Erzählung.

Baum und Blume hörten aufmerksam zu. Feierliches Schweigen lag auf dem Walde, nur der Bach plätscherte weiter, der einzige Ton weit und breit. Das ist die Waldstille. Wer kennt sie nicht! Wem wäre sie nicht schon einmal entgegengetreten wie die Sonntagsfeier der Pflanzen des Waldes! Alles so still rings und feierlich. Selbst das Wild atmet leiser auf und regt sich nicht; selbst den Jäger überfällt es wie ein heiliger, lieblicher Schauer, und er vergißt seine Leidenschaft und sinkt nieder in das Gras zu der allgemeinen Ruhe des Waldes. Das ist die Zeit, wo der Bach den Bäumen und Blumen Märchen erzählt, das ist die Waldstille.

Und der Bach erzählte: »Wißt ihr, woher ich stamme? Kennt ihr meine Entstehung? Vom Wiesenbach weiß man sie. Da quillt sie deutlich hervor wie ein Brünnchen über einen Stein oder an einem Hügel, das dann größer und größer wird, daß das kurze Kleid von Gräsern ihm nicht mehr genügt, wie sehr sich auch ihm zuliebe die Halme recken, und bis es endlich das starre feste Mieder von Schilf anlegt mit den lockeren Blütenflittern oder mit den schwarzen Knöpfen. Vom Bergbach weiß man es auch, wo er herkommt. Auf der Höhe liegt der Schnee, die ewige Haube der Berge, die nur die Sonne färbt, wenn sie auf- und untergeht, und die die Wolken schmücken mit wunderbaren Schleiern, wenn sie vorüberziehen, und daneben in den Schluchten schimmert das Eis der Gletscher starr und dunkelblau in seinen Klüften. Oben sieht es unveränderlich fest aus; aber innen regt sich doch ein munteres Leben: da fließt es und quillt es, und durch die Sprünge und Klüfte hindurch spielen die Tropfen und Wasser ein ewiges Haschen und Verstecken; denn der Sonnengott küßt unablässig die Gipfel des Berges. Diese beständige Liebe rührt und erweicht auch sein starres Eisherz, und diese Quellchen sind die Kinder dieser Küsse; die haschen und suchen, bis es ihnen zu eng wird, und dann finden sie schon den Ausweg. Aber wenn sie ans Licht treten, staunen und stutzen sie erst über die weite Welt, die sich vor ihnen aufschließt. Andere neugierige Quellchen kommen ihnen nach, und nun wagen sie sich weiter, erst langsam zögernd, dann schnell und schneller, und dann springen sie, ein munterer Bergbach, wie die Gemse, die nicht weit von ihm geboren wurde, mutwillig von Fels zu Fels. Bald schäumt er hoch auf, wie der Schnee des Berges, bald glitzert er klar, ein ungebrochener Spiegel, wie das Eis der Gletscher, bis er niederkommt ins Tal und ruhig wird in der lieblichen Ruhe der Fluren. Aber woher stamme ich, der Waldbach? Ihr findet die Quelle nicht, die mich erzeugt, nicht Schnee noch Eis, dessen Kind ich wäre. Verfolgt meinen Lauf. Hier, denkt ihr, entspringt er, und hascht hinter einen Stein, einen Mooshügel; aber fort ist er, und weiterhin, hinter einer knorrigen Baumwurzel, lacht er euch aus. Bald erstrecke ich mich, ein breiter Spiegel, unter tausend Kräutern und Blüten, bald versenke ich mich in ein Geröll von Steinen, die, eifersüchtig auf das Grün des Waldes, sich auch grüne Mooskappen auf ihre grauen Häupter gesetzt haben; aber da fließe ich weiter, und hier tröpfle ich wieder hervor. Ihr findet die Quelle nicht, die bleibt das Rätsel des Waldes. So hört denn, wie ich entstand.

Oben auf einer lichten Wolke, die leise über die Fluren hinwegzog, saß ein zartes Elfchen, die Lieblingsdienerin der Elfenkönigin, und ordnete das Geschmeide ihrer Herrin. Da zog sie aus einem Kästchen eine lange, lange Schnur kostbarer Perlen, ein Geschenk des Meeres. ›Hüte sie wohl,‹ hatte Titania gesagt, ›die Tränen des Meeres, sie sind mein liebster Schmuck.‹ Die Perlen sind auch Tränen des Meeres, die es aber nicht ausweint, die es fest verschließt in seinem Grunde, bis der Fischer mit Gefahr seines Lebens sie ans Licht zieht. Sie sind starr und fest geworden; aber sie sehen in ihrem matten Glanze noch immer aus wie verweinte Augen. Das Elfchen hatte seine Freude an den Perlen und hob die Schnur hoch empor, ob sie nicht heller schimmern möchte im Sonnenschein; aber die Perle ist nicht wie der Edelstein, der seinen Glanz borgt von außen: die Träne des Meeres schließt in sich ihr Gemüt und glänzt von innen heraus. Hinter dem Elfchen saß Puck, der Schalk, der Menschen neckt und Elfen, und während es sich freute an dem Schmuck, schnitt er unbemerkt die Schnur durch, und nieder rollten die Perlen erst über die Wolke fort und dann herab zur Erde. Das Elfchen saß erst starr vor Schreck, dann aber raffte es sich auf und flog von der Wolke hernieder den fallenden Perlen nach. Als es so schwebte in dem unendlichen Raum zwischen den Wolken und der Erde, sah es, wie die hellen Kügelchen nach allen Seiten hin zerstoben und rollten und flimmerten, und hoffnungslos wollte es schon zurückkehren; da erblickte es unter sich eine grüne Flur, und in dem Grase und an den Blumen schimmerten tausendfache Perlen, die es für die verlorenen hielt. Noch trug das Elfchen den Kasten im Arm, in welchem die Perlenschnur verschlossen gewesen war, und emsiglich begann es, sie wieder einzusammeln. Schon fing das Kästchen an, sich zu füllen, da gewahrte Titanias liebliche Dienerin, daß es nicht Perlen, die Tränen des Meeres, waren, die sie sammelte, sondern Tau, die Tränen der Blumen, und traurig zog sie weiter, das Verlorene zu suchen. Siehe, da erblickte sie in den Augen einer Mutter, die sich über ihr sterbendes Kind beugte, Perlen hängen, und sie sammelte sie, dort Tränen der Liebe; und als sie weiterzog, fand sie noch andere weinende Augen: Tränen so viel, daß ihr Kästchen überfloß. Ach, wieviel Tränen werden geweint auf der Erde! Denn aus den Augen der Menschen quillt oft ein wunderbares Bächlein; aber seine Quelle kann ich euch nennen, seine Quelle ist das Herz, da muß der Schmerz, die Wehmut, die Reue, mitunter auch die Freude anpochen, damit das Bächlein fließt. Und dieses Bächlein übt einen wunderbaren Zauber aus; denn das Herz muß schon sehr hart sein, das fremde Tränen nicht mehr bewegen. Oft wollen die Menschen es betäuben und sagen: ›Ich habe kein Mitleid für diese Tränen, sie sind wohlverdient.‹ Das ist aber sehr falsch; denn Tränen bleiben es immer, und die kommen auch aus dem Herzen, an das vielleicht um so härter geklopft wurde. – Unser Elfchen hielt nun das alles für die verlorenen Perlen, schloß das Kästchen fest in den Arm und schwebte damit zur Wolke empor. Ach, und das Kästchen wurde ihm immer schwerer und schwerer, denn Tränen wiegen nicht leicht, und als es dasselbe öffnete, da waren alle die vermeintlichen Perlen zerronnen. Trostlos flog es von Wolke zu Wolke, denn die hatten es alle lieb, und klagte seinen Kummer. Die Wolken aber schickten ihren Regen hernieder auf die Erde, um das Verlorene zu suchen. Das strömte und floß, und Baum und Kräuter beugten sich, und den Tau wischte es ab, aber die Perlen fand es nicht wieder. Puck, der Schalk, sah das, sah den Schmerz des armen Elfchens, den er verschuldete, und das tat ihm doch leid; denn necken wollte er, aber nicht bekümmern. Nieder tauchte er in den Schoß der Erde und holte von seinen Freunden, den Kobolden und Gnomen, bunte, schimmernde Erze, glänzende Flitter, und trug sie herauf zum Elfchen. ›Da hast du all den Plunder wieder, und besser und glänzender,‹ sagte er.

Das Elfchen jubelte, und die Wolken hörten auf zu regnen. Aber als es die Gabe näher betrachtete, war es eitler Tand und Schein, und zornig ergriff es die Schale, worin sie lag, und schleuderte sie weithin, daß die schimmernden Stückchen in einem weiten Bogen über den ganzen Horizont flogen. Das war der erste Regenbogen. Wenn seitdem die Wolken wieder weinen, holt Puck auch immer wieder seine Flitter, und das Schauspiel wiederholt sich. Schön ist der Regenbogen, wir alle freuen uns darüber und die Menschen auch; aber trügerisch, eine Gabe der Gnomen, ein Bauwerk Pucks, des Schalks, ist er doch. Das wissen die Menschen wohl, denn wenn sie ihm nacheilen, läuft er unerreichbar vor ihnen her, und auf einmal ist er verschwunden. Wo blieb er? Er fällt in den See, sagen die Kinder, und die Nixen machen sich ihre bunten Gewänder daraus. Was damals der Zufall erzeugte, baut Puck jetzt selbst auf. Mit seinen Schätzen zieht er über den Himmel, und wenn ihm dann etwas übrigbleibt, fliegt er auch wieder zurück und baut aus den Resten einen zweiten, kleineren, weniger glänzenden Bogen. Darum seht ihr so oft doppelt am Horizont diese glänzende Erscheinung, darum immer nur, wenn die Wolken weinten aus Mitgefühl mit dem Kummer der Elfen, die Puck neckte und dann doch zu trösten sucht.

Unser Elfchen saß noch immer traurig auf der Wolke und konnte sich nicht erfreuen an dem ersten Regenbogen, den es selbst hervorgebracht hatte. Da trat Titania zu ihm. Diesmal war die launische Königin sehr heiter, und als ihr die Dienerin die Ursache ihres Kummers erzählt hatte, lächelte sie und vergab ihr schnell. Vielleicht konnte sie sich leichter über den Verlust hinwegsetzen, weil ihr schon ein Geist des Meeres, dessen Herz sie gewonnen, einen anderen Perlenschmuck versprochen; denn die Großen sind freigebig, selbst mit den Tränen, die ihnen anvertraut sind. Aber was sollte sie nun beginnen mit dem schweren Inhalt des Kästchens, den das Elfchen noch immer im Arme trug?

›Eile nieder zu der heimlichsten, traulichsten Stelle meines Waldes,‹ sagte Titania, ›und gieße diese Tropfen aus zwischen die duftigsten Kräuter, laß diese Tränen bleiben, was sie sind; aber vereint sollen sie fließen, eine große Träne des Waldes.‹

Die Dienerin gehorchte dem Befehle der Königin, und so floß der erste Waldbach dahin, so hatte auch der Wald seine Tränen. Wißt ihr nun, woher ich entstehe? Wie von der Träne des Menschen, ist auch meine Quelle das Herz, das verborgene Herz des Waldes. Wenn die Wehmut, die Sehnsucht, der Schmerz daran pochen, dann fließt die Träne. Im Sommer, wo so manches Kind des Waldes geknickt und vernichtet wird, fließe ich leise, aber unaufhaltsam. Im Herbst, wenn alles schied, beweine ich in stillem Schmerz die Blüten und Blätter, die oft der Wind in meinen Lauf streut, damit der Kummer um sie auch ihr Grab werde. In der wüsten Einsamkeit des Winters erstarre ich, und die Träne wird zur Perle, wie der verschlossene Kummer des Meeres. So hänge ich an den Wurzeln, an den Steinen in mattem Glanze verweinter Augen. Aber im Lenze, wenn die Sehnsucht aufgeht in allen Herzen, dann fließt die Träne des Waldes in Wehmut und Freude, dann schwelle ich hoch auf und trete über die Grenzen meines Laufes, um Blumen und Gräser zu begrüßen, so weit ich kann. Oft auch weckt mich das Mitgefühl; denn wenn die Wolken Regen weinen oder die Blumen Tau, dann auch schwillt der Waldbach. Fühlt ihr es nicht, daß meine Quelle das Herz des Waldes ist, an meiner ganzen Erscheinung, an dem Hauch von Gefühl und Wehmut, der euch aus mir entgegenatmet? Das melancholische Schilf drängt sich an mich heran. Wo ich fließe, sprießt vor allem das gefühlvolle Vergißmeinnicht, das sanft aufblickt wie treue, blaue Augen in der Abschiedsstunde. Die Tränenweide in ihrer ewigen Trauer hängt ihre Zweige hernieder bis in meine Wellen. Überall errege ich das Gefühl. Selbst der Stein, der an meinen Lauf stößt, der unwandelbare Stein, an dem die Zeit unbemerkt vorüberschreitet, er weint mir nach in lichten Tränen, wenn er meine Welle berührte, und meine Küsse sind das einzige, dem er nicht widersteht. Darum liebe ich den Stein.

Die Menschen wissen eine seltsam traurige Sage von einem Mann, der alles überlebt, den der Tod ewig flieht. So gemahnt mich der Stein, er ist der Ahasverus des Waldes, und er könnte euch manches erzählen, denn sein Gedächtnis ragt in längst vergangene Zeiten.

Puck, der Schalk, ist jetzt neidisch auf den Waldbach, den er mit seinem Flitter ausstechen wollte, und der nun doch eine ewige Bedeutung erhielt, und oft wirft er mir neckisch eine knorrige Wurzel, einen spitzen Stein in den Lauf, daß meine Tropfen hoch aufspringend zerstäuben. Dann seht ihr im Sonnenglanze bunte Farben, wie die des Regenbogens, mich umspielen. Das sind die Flitter Pucks, die er neben meinen Glanz hängt, als wollte er sagen: ›Nun, sind meine Gaben nicht doch schöner?‹ Aber schnell sind sie verronnen, und ich fließe unverändert. So drängt sich oft das Komische und Schalkhafte in die Nähe des Traurigen und Wehmütigen, als wenn ein neckischer Geist es erzeugte. Selbst das Herz des Menschen, wenn es brechen will im tiefsten Kummer, zuckt oft in komischer Regung; selbst um das weinende Antlitz spielt oft ein Zug des Lächelns. In der tiefsten Harmonie der Natur begegnet uns oft eine barocke Verzerrung. Zwischen den reichen Teppichen des Rasens, der gerundeten Fülle des Laubes streckt sich eine knorrige Wurzel, ein verwelkter, trockener Ast hervor; unter den gesunden, vollen Rosen findet sich auf einmal eine verkümmerte, die zwischen den Schwestern hervorblickt wie ein verzerrtes Gesicht. Das alles bringt Puck zuwege. Aber ein tiefes Gemüt weiß, wie die Natur, alle diese Unarten auszugleichen.«

So schloß der Waldbach. Noch dauerte die Stille fort, und nur leise rauschte und flüsterte Blatt und Blume. Da knarrte es plötzlich: krachend brach ein dürrer Ast auf dem Wipfel einer Eiche; er stürzte hernieder, daß die Blätter oben auseinanderstoben und die Blüten unten zerknickten, und fiel prasselnd in den Bach, daß die Tropfen hoch aufflogen und er sich düster aufwühlte aus der Tiefe. Eine Sekunde, und alles war wieder still.

Auch das hatte Puck getan, der Schalk.

Der Stein

Lange aber blieb es nicht still, das war nur der erste Schreck. Wie wäre das auch möglich? Wo so viele zusammenstehen und so dicht nebeneinander leben, da gibt's immer etwas zu plaudern. Aber Blumen und Bäume hatten Geschmack gefunden an dem Erzählen und hätten gern noch mehr gehört.

»Wenn der Stein wirklich etwas zu erzählen weiß,« sagte ein hoch aufgeschossener Fingerhut, »so wollen wir ihn bitten, es uns mitzuteilen; ja eigentlich ist es Pflicht, daß er auch einmal etwas für die Unterhaltung tut; denn er drängt sich zwischen uns, stört unser Zusammensein und bleibt ewig stumm.«

»Fingerhut ist wieder am neugierigsten,« sagte die Erdbeerblüte.

»Neugierig?« erwiderte der Fingerhut. »Das muß ich mir immer vorwerfen lassen; und woher diese Beschuldigung?«

»Weil du so neugierig bist, schießest du so hoch auf, um recht weit sehen zu können,« sagte die Erdbeerblüte.

»Torheit,« sprach der Fingerhut, »das tue ich, um über den Stein fortzusehen.«

»Ausrede,« murmelte Erdbeerblüte.

»Was tust *du* denn?« fragte Fingerhut.

»Ich trage Früchte!«

»Was streitet ihr euch?« sagte die Buche von oben hernieder. »Ihr seid eine so eitel und eine so neugierig wie die andere, und das ist auch natürlich: was nur ein Jahr alt wird, steckt freilich immer in den Kinderschuhen.«

Das unvorsichtige Wort hätte fast einen gewaltigen Krieg hervorgerufen; denn alle Blumen fanden sich gekränkt und beschlossen einstimmig, die Beleidigung nicht ungesühnt zu ertragen. Es wurde die Schwertlilie, der Kommandant des stehenden Heeres, berufen. Die leichten Truppen der Eisenhütchen rüsteten sich, und das schwere Geschütz der Stechäpfel wurde in Bewegung gesetzt. Die Parteien des Fingerhuts und der Erdbeere, die eigentlich die ganze Aufregung hervorgebracht hatten, beschlossen, sich gegen den gemeinschaftlichen Feind zu vereinigen; Nesseln und Disteln, als Landwehr der Blumen, wurden einbeordert, und ein Aufruf an die Freiwilligen erlassen. Die Rose war am schnellsten bereit und wetzte schon ihre Dornen. Nebenbei sei es bemerkt, daß sie einen besonderen Groll auf die Bäume hatte, weil diese sie nicht als ihresgleichen anerkennen wollten, obgleich ihr Stamm sich oft zu ganz stattlichen Bäumchen erhob. Der Streit war nun schon seit unendlichen Jahren geführt, und die Diplomatie der Blumen und Bäume hatte schon viel hin und her verhandelt, wobei besonders die Kugelakazie sich ausgezeichnet hatte, die sich der Sache der Rose, weil sie zu den hochstämmigen Rosen in genauer geselliger Beziehung steht, mit großem Eifer angenommen hatte. Leider waren die Verhandlungen, nach Art der Blumen und Bäume, alle mündlich geführt, sonst würde man einen gewaltigen Stoß von Akten über diesen Streit besitzen, die schon darum großen diplomatischen Wert hätten, weil man auf der letzten Seite gerade so weit wäre wie auf der ersten, übrigens waren auch die anderen Blumen, die nicht, wie die Rose, eine Privatsache zu verfechten hatten, in diesem Kampf der Ehre nicht müßig gewesen; namentlich hielt die Anemone lange Reden über die Rechte der Blumen, und das Schilfgras machte Gedichte. Die Heidelbeere füllte ihr Fäßchen und meldete sich als Marketenderin, und ein großes Korps verschiedener Blumen war schon zu einer Freischar zusammengetreten, sprach viel und nicht ohne Begeisterung vom Sterben für das allgemeine Wohl und malte sich dabei im stillen den Jubel und die Rolle, die sie, jede einzeln, bei dem großen Sieges- und Triumphfest spielen würden, mit lebhaftesten Farben aus.

Die Sache war wirklich bedenklich, und wenn die Bäume sich gerade auch noch nicht rüsteten, so war doch mehreren unter ihnen der Streit aus Bequemlichkeit nicht angenehm, und namentlich der Tannenbaum war verdrießlich; denn da er eben noch von dem zärtlichen Verhältnis der Blumen und Baumblätter erzählt hatte, konnte er damit arg Lügen gestraft werden. Übrigens ging auch bei den meisten Blumen der Kriegseifer sehr schnell vorüber. Sie hätten lieber den Stein erzählen hören, und so war es allen erwünscht, daß der Weißdorn und die Brombeere sich ins Mittel schlugen und über den Frieden verhandelten. Die Brombeere war besonders eifrig, da sie sich mit der Erdbeere etwas verwandt rechnete, die doch indirekt die Uneinigkeit angefangen hatte, und der Weißdorn, der zwischen Baum und Blume steht, war gewiß ein sehr guter Vermittler dieses Streites. Noch war die Ausgleichung nicht leicht; denn die Buche war durchaus nicht zu bewegen, ihre beleidigenden Worte ganz zu widerrufen. Endlich fand man den Ausweg, daß die Buche erklärte, sie könne zwar nicht zurücknehmen, daß die Bäume älter würden als die Blumen, aber sie erkenne an, daß der Stein noch älter wäre als die Bäume, übrigens könne sie versichern, daß sie ihre Äußerung durchaus nicht getan hätte in der Absicht, die Blumen, für die sie immer die größte Hochachtung gehabt habe, irgend zu beleidigen, Damit dachte sie sich nichts zu vergeben, Der Fingerhut murrte zwar, und die kluge Nelke behauptete im stillen, dies wäre eigentlich gar nichts gesagt; aber die Blumen gaben sich zufrieden, und gegenseitige Achtungs- und Freundschaftsversicherungen beschlossen den Streit.

Die Rede der Buche hatte wieder auf den Stein aufmerksam gemacht, und die Lust, ihn zum Sprechen zu bringen, wurde lebendig; denn nach dem Kriegsgeschrei und der stürmischen Aufregung sehnte sich alles nach einer phantastischen Erzählung.

Wie war aber dem stummen, wenig mitteilsamen Stein beizukommen? Die Bäume wollten den Bach auffordern, den Stein zu bereden, da er sich eines besonders freundlichen Verhältnisses zu ihm gerühmt und eigentlich auf sein Wissen aufmerksam gemacht hatte. Die Blumen glaubten am besten durch das Gras zum Ziele zu kommen, das wieder mit dem Moos befreundet sei und so dem Stein seine Wünsche mitteilen könne. Der eben geschlossene Friede stand bei dieser Verschiedenheit der Ansichten wieder auf sehr schwachen Füßen, da schlug der Bach selbst einen anderen Weg vor.

»Bittet das Farnkraut, mit dem Stein zu unterhandeln; das ist weder Blume noch Baum, das ist der Fächer des Steins, sein geheimnisvoller Vertrauter, der über ihn sich schmiegt und beugt, ihn liebkost und ihm schmeichelt: ihm würde er nichts abschlagen.«

»Farnkraut,« sagten die Blumen, »willst du den Stein überreden?« Farnkraut nickte ernst und schweigend. Alles lauschte, der Bach murmelte, als ob er auch zuredete. Niemand hat's erfahren, ob er es tat. Die Bäume schüttelten sich noch einmal, um dann recht still sein zu können, und die Blumen steckten alle ihre Köpfchen aus dem Grase empor. Unterdessen hatte das Farnkraut dem Stein den Wunsch des Waldes zugeflüstert; und wunderbar aus den breiten Blättern hervor, rauschend durch das Moos, das ihn deckte, tönte folgende Erzählung des Steines: »Wohl hat der Bach recht, daß ich der älteste bin im ganzen Walde und von Zeiten weiß, die längst vor eurem Gedächtnis liegen. Überhaupt ist in den Erzählungen, die ich von euch gehört habe, vieles Wahre, wenn auch hier und da manche Berichtigungen notwendig wären. Wahr ist's, wie die Mohnblume euch erzählte, daß eine Blume nach der anderen auf der Erde erblühte, wahr ist auch die Erzählung des Tannenbaums, daß die Jahreszeiten sich in die Erde teilten; aber vordem lag eine lange, geraume Zeit, und mancher Kampf mußte gekämpft werden, ehe das alles soweit kam. Als Gott der Herr die Welt geschaffen halte, war die Erde ein großer, gewaltiger Fels, hart und öde, doch fest und unerschütterlich. Wie der so kalt dalag, schickte der Herr die Elemente, um ihn zu erwärmen und zu befruchten, drei mächtige Geschwister. Zuerst kam in seinem Kleide von Purpur und Gold der älteste Bruder, das Feuer. Gewaltig, unbändig stürmte er durch die Erde, pochte und wühlte an dem Felsen; aber der war hart und nicht zu bezwingen, und wie auch das Feuer ihn anglühte, er erweichte sich nicht unter seiner Gewalt. Es entspann sich ein wilder Kampf. Hier und da brach das Feuer wohl die Starrheit des Felsens und splitterte große und kleine Stücke von ihm ab, die es dann im Siegesübermut weithin schleuderte. So sind wir großen und kleinen Steine entstanden, und wie das Feuer uns ausstreute, so liegen wir noch auf der Erde ausgebreitet, ohne Plan und Ordnung, nach der Laune eines ungezügelten Elementes. Aber der Kampf schlug nicht immer glücklich für das Feuer aus, und in demselben Maße, wie es sich austobte und schwächte, sammelte der Felsen Kraft und Gewandtheit, dem Gegner zu widerstehen. So kam es endlich, daß das Feuer unterliegen mußte; der Felsen nahm es gefangen und schloß es mit mächtigen Fesseln in seinen Kern ein. Da liegt es noch. Daß jeder Stein Feuer birgt, das wißt ihr alle; denn wenn sie zusammenschlagen, oder wenn der Mensch, der das Feuer liebt und es sich wieder zum Knechte gemacht hat, mit dem Stahl einen Stein streicht, springt der Funke heraus. Doch das sind alles kleine zersplitterte Teilchen der großen Gewalt. Wie aber das Feuer im Kern der Erde noch immer arbeitet und wühlt, will ich euch später erzählen. Als das Feuer so besiegt war, kam sein jüngster Bruder, im grünlichen Kleide mit Silber, das Wasser. Der war schon klüger und erfahren und hatte auch leichteres Spiel; denn einesteils konnte er die Siege des Bruders benutzen, andernteils hatte dessen Schicksal ihn schon mit dem Gegner bekannt gemacht. Da er also sah, daß jener im offenen Kampfe so wenig hatte ausrichten können, legte er sich aufs Bitten und Unterhandeln. Er spülte und klopfte an den Felsen; er schmeichelte und kämpfte, bald mit Bitten, bald mit List, bald mit Gewalt. So nahm die Erde schnell ein anderes Ansehen an; denn da das Wasser alle die Orte in Besitz genommen hatte, die sein Bruder erkämpfte, so hatte es auch gleich festen Fuß gefaßt. In dem weiten Becken, wo jetzt das Meer ist, breitete es sich immer mehr aus. Gutwillig erlaubte das der Fels; aber listig stieg das Wasser immer höher, und dann brach sich's auch wohl mit Gewalt durch, wo jetzt Täler sind und das Wasser die Flüsse eingenistet hat. Wie sich nun der Fels auch das gefallen ließ und nur die Ufer als Grenzen steckte, wurde das Wasser immer ungenügsamer und trat oft weit über die Ufer fort auf den Felsen hin. Aber der war sich auch seines Rechtes und seiner Kraft bewußt und jagte das Wasser zurück. Das wich nun wohl; aber es hatte eine List ersonnen, durch die es nicht alles aufgab. Alle die leichten Splitter der Felsen, alles, was es durch sein Spülen und Schmeicheln von dem harten Gegner abgeweicht hatte, barg es auf seinem Grunde. Wenn es nun über die Ufer getreten war und zurückgejagt wurde, ließ es von dieser Mischung von Wasser und Fels zurück, und der Fels litt es, weil es ja auch ein Teil von ihm war. So sonderten sich Meer, Fluß, Fels und Erde. Aber noch war und blieb alles unfruchtbar und öde; denn was gezwungen gegeben wird, hat keinen Segen, Da sandte der Herr die holde Schwester der Elemente, im weichen blauen Gewände, die Luft, um alles zu vermitteln und zu beseligen. Die fing damit an, Frieden zu schließen zwischen dem Felsen und den Elementen. Zwar wollte er das Feuer nicht wieder freilassen; aber die Luft erhielt die Erlaubnis, den gefangenen Bruder, so oft sie wollte, besuchen zu dürfen. So oft sie das nun tat, nahm sie von seiner Glut mit und schüttete sie aus über die ganze Erde. Da begann sich's auf dem Boden zu regen. Keime knospeten und schlugen Wurzel. Aber die Glut des Feuers tut's nicht allein; mildernd und kühlend muß das Wasser den Boden tränken, wenn es grünen und gedeihen soll. Das Wasser war gern bereit, doch seine Grenzen waren ihm angewiesen;

da sog die Luft die sehnsüchtigen geschwisterlichen Küsse, die Grüße des Wassers ein, trug sie hinüber über den Boden und schüttete sie aus. Und grün wurde es; Baum und Blüte sproßten, und Mensch und Tier konnten leben auf der Erde. So besucht die Luft wechselnd die Geschwister, und jedes gibt ihr ein Gastgeschenk mit, jener feurige Glut, dieser weiche Wolken. Das seht ihr noch immer. Noch immer seht ihr die Luft bald in der glühenden Farbe, die die Umarmung des Feuers ihr leiht, bald in dem trüben Gewande, welches das Wasser im Scheiden ihr umhing. Ihr seht das Feuer des Abendrots, seht die Glut des Morgenlichtes, seht die Nebel aufsteigen, wenn die Luft vom Wasser sich trennt, seht die Wolken ziehen. Aber die Wolken, die Kinder des Wassers, fühlen sich nicht wohl fern von der Erde. Die Luft läßt sich forttragen von ihren Dienern, den Winden; aber die Wolken sehen sich sehnend um und weinen in unbesieglichem Heimweh, bis sie, ganz gelöst in Tränen, zur Erde zurückkehren. Dann wollen auch die Feuer, welche die Luft entführen ließ, nicht mehr bei ihr weilen, und, wie die Wolken sich niederstürzen, so zucken auch sie herab zur Erde, jene weich und sehnend, diese wild und donnernd. So entsteht das Wunder des Gewitters. Das ergreift alle Wesen der Erde. Die milde Sehnsucht der Wolken teilt sich mit, wie die brausende Glut des Blitzes. Ein feuriger Schauer, gemischt mit sehnendem Gefühl wie Heimweh, erfaßt Menschen und Tier, Baum und Blüte. Aber der Segen der Luft geht mit, und wenn Feuer und Wasser zurückgekehrt sind zur Erde, dann geht alles auf in Stärkung und Gedeihen.

Wie es nun weiter wurde, wie sich die Jahreszeiten einrichteten, wie die Pflanzen entstanden und wuchsen, das habt ihr alles gehört. Wir Steine sehen das nun um uns ergrünen und blühen; wir, die wir wußten von früheren Zeiten des Kampfes und der Unordnung, wir freuen uns daran, wenn wir auch, vertrieben und übersehen, wenig geachtet auf dem Boden liegen, der früher ganz unser Eigentum war. So war es denn sehr töricht gesprochen, wenn die Fingerhutblume sagte, wir drängten uns überall dazwischen; denn ihr anderen drängt euch um uns herum und wollt uns nicht einmal das Stückchen Platz gönnen, auf dem wir bescheiden, ruhig uns lagerten.«

Der Fingerhut wurde rot und blickte verlegen mit allen seinen Blütenglocken zur Erde. Die Erdbeerblüte kicherte unter ihren drei grünen Blättern, und die Buche fing oben an zu rauschen. Da wurde dem Bach angst, der alte Streit möchte wieder anfangen, und er sagte:»Wohl sind wir, grauer Alter des Waldes, dir für deine Erzählung dankbar; aber vieles bist du uns noch schuldig.«

»Was wollt ihr wissen?« fragte der Stein.

»Was das Feuer im Kern des Felsens anfängt, und ob es sich seine Gefangenschaft gutwillig gefallen läßt.« »Letzteres nicht ganz,« erzählte der Stein;»denn wenn die Besuche der Schwester es auch zerstreuen, wenn es auch durch ihre Vermittlung den Trost hat, zur Befruchtung der Erde beizutragen, so hofft es doch im stillen noch immer auf Befreiung, vielleicht gar auf die Herrschaft der Erde. Das wäre aber ein großes Unglück und gewiß das Ende aller Dinge. Das wissen das Wasser und die Luft auch wohl und sorgen dafür, daß das Feuer nicht zu große Gewalt gewinnt. Wo das sich zeigt, kommt auch die Luft herbei und küßt den geliebten Bruder, der aus dem Kusse heller, heiterer und kräftiger aufflammt; aber sie wacht auch, daß die Glut sich verteilt und nicht zu mächtig werden darf. Kann sie's nicht allein bezwingen, dann muß das Wasser kommen, und nach einem oft rauschenden Streit wird das Feuer wieder zur Ruhe gebracht. Das sitzt dann wieder still im Felsenschoße, tief im Grund der Erde, und da sinnt es sich allerhand Spielereien und Possen aus, mit denen es sich die Zeit vertreibt. Zuerst schmolz, braute es an dem Stein und malte dann das Gekoch mit den Farben seines Gewandes purpurn und glühend. Das war das Gold. Dann borgte es sich vom Wasser, das durch die Ritzen des Felsens zu ihm drang, die lichte Farbe und malte das Silber. Selbst dem Felsen, seinem Kerkermeister, wußte es mitunter von seinem rötlich-schwarzen Gewande etwas abzuschmelzen und malte damit das Eisen. Bei allen diesen Dingen ist nun nicht viel Segen, wie ihr leicht denken könnt. Gold und Silber sind trügerische Dinge, wie sehr die Menschen in ihrer Torheit ihnen auch nachspüren, und das Eisen, das meist in der Zeit entstanden ist, wo der Felsen dem fruchtbaren Boden um sich herum nicht sehr zugetan war, läßt sich noch immer dazu gebrauchen, denselben aufzuwühlen und zu durchstöbern; es ist und bleibt ein mürrisches, unzufriedenes Metall, weil der Felsen ärgerlich und verdrossen die Farben dazu gegeben hat. Da aber das Feuer doch das beste Teil dazu tat, so ist der Schaden, den das Eisen dem Boden zufügt, nicht so gar groß; es strömt vielmehr Befruchtendes aus ihm in die Erde. Wir Steine mögen es aber doch nicht sehen, daß der gute Boden so zerfleischt wird, und wenn das Eisen recht im Zuge ist, springen wir vor, fangen den Stoß ab und fügen dem Eisen bedeutenden Schaden zu.

Gold, Silber und Eisen waren fertig, da wurde das Feuer überdrüssig, immer in denselben Farben zu malen, und es trug der Luft auf, wenn sie wiederkäme, ihm von der Erde andere mitzubringen. Die sammelte die Gräser und Blumen und trug sie ihm herab. Freilich konnte sie nicht viel bringen; aber das Feuer malte doch mit dem Grün des Grases, mit dem sanften Farbenschmelz, den es aus dem Strauße nahm, den ihm die Luft brachte, allerlei bunte Steinchen, die es alle mit seiner Glut durchwebte. So sieht es im Grunde der Erde, den ihr euch vielleicht recht schwarz und schaurig denkt, prächtig und schimmernd aus; denn die bunten Edelsteine flimmern an den Wänden, sie, die Blumen der Tiefe, die Augen des Felsens. In der Werkstatt des Feuers fällt aber wohl einmal ein Tröpfchen Farbe vorüber, oder das Feuer wischt seine Pinsel aus, mit denen es Gold, Silber und Edelsteine malte. Da entsteht dann das Flimmergold, die falschen Erze, die unechten Steine, die scheinen und nicht sind, die locken und täuschen, dieselben, von denen auch der Bach erzählte, daß Puck den Regenbogen daraus aufbaue.«

»Haben wir doch nie gesehen, daß die Luft unsere Geschwister entführt,« sagte die Tulpe und neigte ungläubig das Haupt.

»Weil ihr nicht acht gebt,« sprach der Stein. »Beobachtet einmal das Abendrot; da malen sich die Farben in der Luft, die ihr sonst nicht erblickt. Da ist das Kleid der Rose, das Gelb des Krokus, das Violett des Veilchens, das Grün der Gräser, hochroter Schein des Mohns dazwischen, tausend Farben, die sich in Worten nicht sagen lassen. Nicht alle Abend, aber mitunter seht ihr dies wunderbare Gemisch, dies Sondern und Verschmelzen. Das ist ein Strauß von Blumen, den die Luft in der Hand hält, um ihn dem Feuer zu bringen.

Ihr seht freilich nur den Schein der Farbe, denn es ist zu weit, die einzelnen Geschwister zu erkennen; aber wenn ihr euer Herz fragtet, würdet ihr es wohl gewußt haben. Es zieht euch mächtig hin, ihr alle wendet eure Köpfe diesem leuchtenden Strauß zu; denn die Sehnsucht der scheidenden Geschwister zieht euch unwiderstehlich, wenn auch unbewußt, nach. Seht ihr, mit dem Gemüt habt ihr das lange gewußt. Aber so seid ihr Wesen der Erde, die Menschen mit eingeschlossen, – was ihr fühlt, das mögt ihr nicht glauben, und das Beste, was es auf der Welt gibt, danach mögt ihr den Verstand vergebens fragen, das sagt euch doch nur das Herz.« – »Was machte aber das Feuer mit dem Strauß, wenn es ihm die Farbe aussog?« fragte das Vergißmeinnicht. »Dann bewahrt es ihn, farblos zwar, aber glänzend und unvergänglich in den Schichten der Felsen. Da sind die Blätter, die Sterne der Blumen, da wachsen die schimmernden Kristalle.«

Der Erzähler schwieg; da fragte die Eiche: »Verzeih' mir, wenn das, was ich dich jetzt fragen will, dich beleidigt; aber es geschieht gewiß nicht, um dich, der so klug ist und so viel weiß, zu kränken. Sieh, ich bin nach dir der Älteste im Walde, ja, ich heiße nach dir; denn meines Alters, meiner Festigkeit wegen, nach diesen beiden Tugenden, die ich mit dir teile, nennt man mich die Steineiche. So habe ich schon ein Recht auf dein Vertrauen. Wir anderen hier auf der Erde, wir haben einen Zweck, einen Wechsel, wir wachsen und blühen, wir tragen Früchte, je nach unserer Art. Ihr Steine aber liegt unverändert, immer dieselben, immer an demselben Fleck. Ist das nicht traurig und langweilig zugleich?«

»Ihr seid wie die Menschen,« sprach der Stein, halb lächelnd, halb gereizt. »Euch und euer Tun und Treiben haltet ihr für unbeschreiblich wichtig, für den Zweck und den Mittelpunkt der ganzen Schöpfung. Ihr wachset, blüht und tragt Früchte. Was glaubt ihr denn, was damit gewonnen ist? Ihr verwelkt und seid vergessen. Die Zeit streicht mit ihrer Hand über die Stelle, wo ihr standet, und eure Spur ist verwischt. Jeder einzelne, was er auch sei, ist ein Tropfen nur in dem großen Ozean der Natur. Wer bemerkt den, als jeder selbst?

Wer kann wissen, wozu er da ist? Ich aber langweile mich nicht, wenn ich nun auch schon lange, lange so unbeweglich daliege; denn ich habe einen empfänglichen Sinn, und alles wechselt um mich herum. Viele tausend Jahre rollten an mir vorüber, kein Tag glich dem anderen. – Mitunter lasse ich mir auch aus der Ferne erzählen; denn ich liege mit dem Ohr auf der Erde, und unten durch den Felsen hindurch geht eine heimliche Sprache der Steine, die erzählen sich von Orten der Erde, wo es gar wunderbar schön ist, die wieder ein eigenes Märchen sind in dem großen Märchen, das die Natur beständig mit der Erde aufführt.«

»Ja,« bestätigte der Tannenbaum, »es gibt herrliche Orte auf der Erde, das hat mir mein Vetter wohl erzählt, der, wie ihr wißt, weit herumkam, als er Mastbaum war!«

»Ach ja!« sagte spöttisch die Espe, »Gegenden, wo es nichts gibt als Eis und Schnee, wo dein Freund, der Winter, die Erde nie losläßt.«

»Du hast wieder nicht aufgepaßt in deiner Flatterhaftigkeit,« erwiderte ganz ruhig die Tanne. »Weißt du nicht aus meiner Erzählung, daß es auch Gegenden gibt, die dem Sommer gehören, die der Winter nie berührt, wo immer Bäume grünen, immer Blumen den Teppich der Fluren sticken, wo die Wasser nie ganz starren vom Eise und der Schnee die Erde nur berührt, wie ein kühler Kuß der Wolken?«

»Ach!« riefen viele Blumen zugleich, »die Gegend möchten wir sehen!« – »Ich werde es,« sprach nicht ohne Stolz der Bach, und in der Wanderlust hüpfte er hoch auf und plätscherte schneller dahin. »Ich stürze mich in den Fluß, der wieder ins Meer, und so lasse ich mich tragen bis in jene Länder.«

»Unterdessen will ich euch davon erzählen,« sagte der Stein, »denn von einem wunderbaren, gar lieblichen Orte der Erde habe ich gerade Kunde empfangen. In jenen Zeiten, als das Wasser Frieden schloß mit dem Felsen, wiegte es sich in einer lieblichen Bucht, und die Kronen der Felsen schauten hoch darüber hin im Kreise. Das war die Lieblingsstelle des Meeres, und es ließ die Luft kommen und eine reiche Kraft über den Saum des Ufers ausgießen. ›Tauche deinen Fuß in meine Wellen, ich will ihn dir kühlen!‹ sprach das Meer zum Felsen. ›Dein Haupt will ich mit Blumen kränzen‹ sagte die Luft, ›und die Erde soll einen Teppich um deine Knie legen!‹ – ›Und wenn du so schön bist,‹ nahm wieder das Wasser das Wort, ›dann will ich dir einen Spiegel vorhalten, daß du deine Schönheit sehen kannst, und dein Bild soll wieder meine Wellen schmücken.‹ Und so geschah es.

In einem lieblichen Bogen schlang sich das Ufer um das Meer, grünend und blühend, und die Felsen sahen es lächelnd an. Da erzählte einstmals die Luft, als sie das Feuer besuchte, von diesem Lieblingsplatz des Wassers, wo es seine schönsten Stunden verträume. ›Könnte ich das nicht auch sehen?‹ sagte das Feuer. ›Laß mich mit dem Felsen unterhandeln,‹ erwiderte die Luft. – Der Felsen war gerade in besonders guter Laune und an dieser Bucht durch die Freundlichkeiten, die Wasser und Luft für ihn gehabt hatten, leichter zu stimmen. So kam denn bald ein Vertrag zustande. Der Felsen öffnete auf dem Gipfel eines Berges, dem Gefängnis des ungeduldigen Feuers, ein Fenster, und da kann es herausschauen, wann es will. Dafür aber mußte das Wasser einem Felsen erlauben, so recht aus seiner Mitte aufzutauchen und sich umzusehen. Gerade der Bucht gegenüber, wo der Kreis des Ufers sich öffnet, um das Meer hineinzulassen, liegt dieser Fels kühl und behaglich im Meer und schaut auf einer Seite hinein in den Golf, von dem ich euch sprach, auf der anderen blickt er in die Unendlichkeit des Meeres. Dieser Fels nun hat mir alles erzählt. Ihm gegenüber, am Ufer, ist das Fenster des Feuers. Bei Tage, wenn das Licht so klar auf der Erde liegt, sieht man nur den Rauch, den es wie Wolken ausbläst; aber nachts, wenn die Erde im Dunkel liegt, dann steckt das Feuer das Flammenhaupt zum Fenster hinaus, und seine glühenden Augen blitzen in die Nacht. Es sieht gar luftig und vergnügt aus und treibt allerlei Possen. Dem Felsen, meinem Freunde, nickt es oft recht freundlich zu, und der würde wieder nicken, wenn er nicht so fest stehen müßte im Meer. Und seit das Fenster geöffnet war am Kerker des Feuers, wurde es erst recht schön an dieser Bucht. Das Feuer wollte nicht das Schöne alles sehen, ohne selbst etwas hinzuzufügen, und schleuderte seine Funken weit hinaus auf das Ufer. Da fielen sie auf grüne Bäume, hielten sich fest an den glänzenden Zweigen und verloschen nicht – nein, die Funken wurden zu Früchten, rot, wie sie aus dem Berge sprühten, und bargen in sich die Glut, die sie mitbrachten. Noch jetzt, erzählt mir der Fels, wachsen die Funken auf den Bergen, feurige Orangen. Und beständig glühen diese Feuerfrüchte; denn, wie das Blatt des Baumes zu jeder Zeit in schönem, dunklem Glanze steht, so schmücken auch die Früchte, jahraus jahrein, die Zweige.«

»Und blühen sie nicht, diese Wunderfrüchte?« fragte der Apfelbaum.

»Gewiß, ein lieblicher, hold duftender Schnee. Aber *ein* Zweig trägt Frucht und Blüte, und die Süße des Blumenduftes mischt sich zum Feuer der Frucht. *Eine* Stelle vor allen an diesem Ufer ist am reichsten mit der Feuerfrucht geschmückt. Da treten die Felsen hart ans Meer und tragen auf dem Haupte den Schmuck des Orangenhaines, geflochten mit dem Netz der langflatternden Weinranken.

Die Flammen aus dem Berge schauen herüber und freuen sich ihrer Gabe. Das Meer rauscht wunderbare Lieder an dem Strande und säumt sein Gewand mit weißem Schaume. Die Felsen ragen über die Gegend, und die Luft webt sich hold um alles. Der süße Duft der Orangenblüten durchzittert sie, der Geist des Meeres steigt in ihr auf und lockt die Wesen der Erde zum Bade in die Fluten. Allabendlich, wenn die Luft das Abendrot malt am Horizont, zieht sie dem hohen Felsen leichte, rosige Gewänder an, daß er herabschaut wie die errötende Braut des Meeres. Allnächtlich schmückt das Feuer seinen Berg mit glänzenden Bändern, die er davon herabhängen läßt, Bänder auf goldenem Grunde, gestickt mit feurigen Edelsteinen. Dann spielen die Flammen des Feuers und die Wellen des Wassers miteinander. Der rote Schein versteckt sich in den Fluten und blickt dann hier und da heraus, gebrochen von dem Zittern der Wogen. Das alles sieht mein Freund, der Felsen, der selbst bekränzt ist mit Weinranken, der selbst einen Strauß von Orangen und als Feder eine schwankende Palme auf die grüne Mütze gesteckt hat, die der Rasen ihm ums Haupt wob und die zackige Aloe und stachliger Kaktus ihm festnisteln auf der Stirn. Er sieht das, und da er die Geschwister, das Feuer, die Luft und das Wasser, liebgewonnen, da er ihnen so viele Genüsse verdankte, so wollte er ihnen auch eine Freude bereiten, und er baute ihnen ein trauliches Plätzchen zum geschwisterlichen Zusammensein. An dem äußersten Rande des Felsens, fast hart auf dem Spiegel des Meeres, öffnet sich ein niedriges Tor. Kaum würde man es entdecken. Hinter diesem Tore aber breitet sich eine hohe, mächtig gewölbte, kühle Höhle. Hier finden sich Wasser, Luft und Feuer. Hier sind sie beisammen, gesondert zwar, aber doch gemischt. Da ist zwar der Spiegel des Wassers fließend und wogend; aber das tiefe Blau der Luft, wie es sich nur am klarsten Himmel zeigt, hat es durchdrungen, und der leuchtende

Schein des Feuers flammt darunter hervor, glänzend und wunderbar. Da glänzt es zwar aus der Tiefe hervor wie spielende Flammen; aber auch die Glut hat sich in die Farbe der Luft getaucht, auch dieses Licht wogt wie die Wellen des Wassers. Da nimmt zwar die Luft die weite Wölbung der Höhle ein; aber sie schimmert wie das Wasser, sie umfließt die Höhe, wie die Fluten der Tiefe, und zwischendurch züngeln und lecken die Flämmchen des Feuers an dem Bogen des Felsens. So halten die Elemente ihre heimlichen Gespräche; aber mitunter erlauben sie dem Menschen, sie zu belauschen. Der baut einen Nachen, fährt ein in dies Wunder und kann schiffen auf der blauen Luft, baden in dem leuchtenden Feuer und atmen in dem wogenden Wasser. Nur wenn die Gespräche der Geschwister recht vertraut und geheimnisvoll sein wollen, dann leiden sie nicht den Lauscher, – dann schließt das Meer mit einer Pforte von Wellen den Eingang, und die Luft schiebt Winde als Riegel davor. Was sich dann Wunderbares begibt, das wissen nur die Elemente und mein Freund, der Felsen, der sie umschließt, aber der hat ihnen sein Wort gegeben, es nicht auszuplaudern, und er hält sein Versprechen.«

»Das ist recht von ihm,« sagte die Rose, »ich liebe ihn deshalb. Liebt er auch die Blumen?«

»Ein ewiger Frühling von Rosen umblüht ihn,« sagte der Stein.

»Das muß schön sein!« seufzte die Zentifolie.

»Und alles das werde ich sehen!« jauchzte der Bach.

»Dann grüße von uns die Rosen auf dem Felsen!« riefen die Blumen.

»Und von uns die Orangen am Meeresstrande!« rauschten die Bäume.

»Wie soll ich den Ort erkennen?« fragte der Bach den Stein.

»Nach meiner Erzählung,« war die Antwort. »Die Menschen nennen ihn den Golf von Neapel, und mein Freund, der Fels im Meere, heißt Capri in ihrer Sprache.«

»Ich werde schon finden!« rief der Bach und plätscherte fort.

Aber der Bach hatte einen weiten Weg zu machen; lange Zeit irrte er umher in der Unermeßlichkeit des Meeres, ohne daß ihm die Wunder erschienen, von denen der Stein erzählt hatte.

Der Erzähler dieser Märchen stand gerade in Sorrent auf der Loggia einer kleinen Villa am Meeresrande, die er allein bewohnte. Die Weinranken, die sie beschatteten, waren noch dünn und ließen das volle Licht der Sonne durch; aber die Orangenblüten dufteten, und die Früchte lächelten ihn an und blinzelten ihm freundlich zu aus den dunklen Blättern hervor. Der Vesuv rauchte, und das Meer war gesprächig. Da schlug eine Welle an den Felsen mit heimischem Klang. Sie trug die Grüße der Blumen und Bäume aus der Heimat. Der Bach hat seinen Auftrag erfüllt, – für Blumen und Bäume brachte er Grüße, – für den Erzähler nichts von seinen Lieben.

Der Dichter

Als Epilog

So nehmt sie hin, die Träume schöner Stunden,
In denen ich vom Rätsel der Natur
Die Lösung in dem Märchenbild gefunden,
In denen mir die Welt ein Märchen nur.
Es war kein Trug! – Fragt selbst den grünen Hain,
Was ich erzählt – in tausend Lauten spricht er's.
Ich gab's in meines Herzens Widerschein,
Und also mußt' es wohl ein Märchen sein:
Ist doch ein Märchen selbst das Herz des Dichters –

Ein Märchen, das der Blüten viel erschlossen,
Das seinen Lenz hat, seine Winterzeit,
Wo mancher Quell geheimnisvoll geflossen,
Dem Bach des Waldes gleich, dem Schmerz geweiht.
Da trat, so wie des Veilchens Knospe bricht,
Geweckt im Lenze von der Sehnsucht Triebe,
Ein sehnsuchtsvolles Rätsel auch ans Licht,
Empfunden tief und doch verstanden nicht:
Des Herzens Frühlingskind – die erste Liebe.

O meines Lebens goldne Märchenblüte!
O meiner Seele holde Frühlingszeit!
Wo mir die Welt im reichsten Schmuck erglühte,
Nur eine trug und doch so voll, so weit;
Wo ich in Andacht stummem Wort geglaubt,
Gebebt, mein süß Geheimnis auszusprechen, –
O flüchtig Glück, wie schnell warst du geraubt!
So schnell das Veilchen beugt sein duftend Haupt,
Noch eh' die Rosen in dem Sturme brechen.

Und wieder wuchs, wie eine wunderbare,
Aus alten Zeiten überbrachte Kund',
Der kecke Zauber der Studentenjahre
Sich fest in meines Herzens Märchengrund.

Wie war die Brust so voll von Freundschaftsdrang,
Das Herz so ungeteilt dahingegeben!
Der Wein, das Lied, der Schläger heller Klang
Und Jugendmut und Jugendhoffnung schlang
Den duft'gen Efeukranz mir da ums Leben.

Mein Heidelberg! O efeugrüne Trümmer,
Auf deren Altan ich so selig stand!
Wie schien die Welt mir ganz im Frühlingsschimmer
So blütenreich, wie rings das weite Land!
Der süße Rausch des Märchens ist entschwebt!
Doch deine grünen Efeuranken schlage,
Erinnerung, vom Freundschaftshauch durchbebt,
Aus meiner Brust in andre neubelebt,
Aus jener Zeit in meine spätesten Tage.

Ein andres Märchen bringt das Herz mir wieder.
Gleichwie der Waldbach, den die Träne nährt,
Hat sich im immer wachen Quell der Lieder
So Luft wie Weh des Herzens ausgeleert.
Und diesen auch wie jenen seht ihr ziehn,
Bald still verborgen unter moos'ger Hülle,
Bald kosend mit den Blumen, die umblühn
Den Strand, bald flüsternd mit des Schilfes Grün,
Bald schäumend frei in übermüt'ger Fülle.

Welch süßes Glück in trübumwölkten Tagen,
Wovon so schwer, wovon so voll das Herz,
Bald in des Liedes Reimen auszuklagen,
Bald abzuschütteln in dem kecken Scherz!
O dieses Doppellebens goldner Trug,
Der mich aus den verdrießlich engen Schranken
Der Wirklichkeit, in frisch erhobnem Flug,
So oft zu andern Welten übertrug,
Weit in die Märchenreiche der Gedanken!

Und von dem Stein erzählt' ich, der am Grunde
Der Heimat liegt, so stumm und unbewegt,
Und doch im Kerne tief die holde Kunde

Von andrer Länder fernen Wundern trägt.
So hat das Herz des Dichters an der Brust
Der lieben Heimat lange stumm gelegen;
Da fühlt es wie ein Märchen unbewußt
Den Wandertrieb, die freie Reiselust,
Das Sehnen in die Ferne laut sich regen.

Da treibt's ihn hin, da führt es ihn ins Weite,
Den Süden grüßt des Herzens froher Schlag.
Doch seiner lieben Bild bleibt ihm zur Seite,
Und in die Ferne zieht das Heimweh nach.
Halb treibt's ihn fort, halb zieht es ihn zurück;
Beglückend Zagen locket zum Verweilen:
Zum Scheiden, ach, zu schön der Augenblick!
So muß des Wanderns frei bewegtes Glück
Des Dichters Herz in Lust und Sehnsucht teilen.

Genug! – der Dichter muß die Blätter schließen,
Mit ihnen auch das Herz! – Der Vorhang fällt.
Des Waldes Wunder ließ er euch umsprießen
Und schaun in seines Busens Märchenwelt.
Euch, die ihr's mit dem Herzschlag eingetauscht,
Euch weiht er immer seiner Märchen Bestes;
Doch die ungläubig lächelnd ihr gelauscht,
Denkt, daß der Wald in Märchen nie gerauscht,
Und was der Dichter euch enthüllt – vergeßt es.

 tredition®

Über tredition

Eigenes Buch veröffentlichen

tredition wurde 2006 in Hamburg gegründet und hat seither mehrere tausend Buchtitel veröffentlicht. Autoren veröffentlichen in wenigen leichten Schritten gedruckte Bücher, e-Books und audio-Books. tredition hat das Ziel, die beste und fairste Veröffentlichungsmöglichkeit für Autoren zu bieten.

tredition wurde mit der Erkenntnis gegründet, dass nur etwa jedes 200. bei Verlagen eingereichte Manuskript veröffentlicht wird. Dabei hat jedes Buch seinen Markt, also seine Leser. tredition sorgt dafür, dass für jedes Buch die Leserschaft auch erreicht wird.

Im einzigartigen Literatur-Netzwerk von tredition bieten zahlreiche Literatur-Partner (das sind Lektoren, Übersetzer, Hörbuchsprecher und Illustratoren) ihre Dienstleistung an, um Manuskripte zu verbessern oder die Vielfalt zu erhöhen. Autoren vereinbaren direkt mit den Literatur-Partnern die Konditionen ihrer Zusammenarbeit und partizipieren gemeinsam am Erfolg des Buches.

Das gesamte Verlagsprogramm von tredition ist bei allen stationären Buchhandlungen und Online-Buchhändlern wie z. B. Amazon erhältlich. e-Books stehen bei den führenden Online-Portalen (z. B. iBookstore von Apple oder Kindle von Amazon) zum Verkauf.

Einfach leicht ein Buch veröffentlichen: **www.tredition.de**

Eigene Buchreihe oder eigenen Verlag gründen

Seit 2009 bietet tredition sein Verlagskonzept auch als sogenanntes "White-Label" an. Das bedeutet, dass andere Unternehmen, Institutionen und Personen risikofrei und unkompliziert selbst zum Herausgeber von Büchern und Buchreihen unter eigener Marke werden können. tredition übernimmt dabei das komplette Herstellungs- und Distributionsrisiko.

Zahlreiche Zeitschriften-, Zeitungs- und Buchverlage, Universitäten, Forschungseinrichtungen u.v.m. nutzen diese Dienstleistung von tredition, um unter eigener Marke ohne Risiko Bücher zu verlegen.

Alle Informationen im Internet: **www.tredition.de/fuer-verlage**

tredition wurde mit mehreren Innovationspreisen ausgezeichnet, u. a. mit dem Webfuture Award und dem Innovationspreis der Buch Digitale.

tredition ist Mitglied im Börsenverein des Deutschen Buchhandels.

Dieses Werk elektronisch lesen

Dieses Werk ist Teil der Gutenberg-DE Edition DVD. Diese enthält das komplette Archiv des Projekt Gutenberg-DE. Die DVD ist im Internet erhältlich auf **http://gutenbergshop.abc.de**

Zeitfracht Medien GmbH
Ferdinand-Jühlke-Straße 7
99095 Erfurt, Deutschland
produktsicherheit@kolibri360.de